너라는 개
고마워

너라는 개
고마워

—

2018년 10월 17일 1판 1쇄 인쇄
2018년 10월 24일 1판 1쇄 발행

—

지은이 이달래
펴낸이 이상훈
펴낸곳 책밥
주소 03986 서울시 마포구 동교로23길 116 3층
전화 번호 070-7882-2311
팩스 번호 02-335-6702
홈페이지 www.bookisbab.co.kr
등록 2007.1.31. 제313-2007-126호.

기획·진행 기획2팀 김다빈
디자인 디자인허브 김혜진

—

ISBN 979-11-86925-55-3 (03810)
정가 13,800원

책밥은 (주)오렌지페이퍼의 출판 브랜드입니다.

———————————————————————

이 도서의 국립중앙도서관 출판예정도서목록(CIP)은 서지정보유통지원시스템 홈페이지
(http://seoji.nl.go.kr)와 국가자료공동목록시스템(http://www.nl.go.kr/kolisnet)에서
이용하실 수 있습니다. (CIP제어번호 : CIP2018032551)

반 려 견 과 함 께 한 **소 소 행 복 일 상**

너라는 개
고마워

글·그림 이달래

책밥

나는 시골에서 어린 시절을 보냈다. 과수원을 하던 우리
집에는 아빠가 동물을 좋아하신 덕분에 닭과 오리, 강아지
나 토끼, 염소가 늘 함께했다. 과수원 한편에 있는 닭장에
서는 닭과 오리들이 자유롭게 안팎을 들어갔다 나갔다 하
며 이곳저곳에 알을 낳았다. 나는 암탉이 낳은 따뜻한 달
걀을 보물찾기 하듯 찾아다녔다. 가끔 하얀 오리 알을 발
견할 때면 보물을 찾은 것처럼 신이 났다. 학교를 마치고
집으로 오면 곧장 과수원으로 달려가 토끼에게 밥을 주기
도 하고 염소에게 풀을 먹이기도 했다. 친구처럼 가족처럼
그렇게 늘 함께 지냈으므로 내가 동물을 좋아하는 것은 너
무나도 당연한 일이었다.

대학생을 거쳐 직장인이 되고 가치관을 쌓기 시작하면서
자연스레 '동물연대'를 알게 되었다. 한번은 동물연대 부
산지부 정모에 초대되어 참석했던 적이 있었다. 다들 간단
한 다과를 먹으며 왜 이 모임에 오게 되었는지 자신에 대
한 이야기를 나누는 시간이 있었는데 그 중에 한 여자분이

키우고 있는 반려묘에 대한 이야기를 해주었다. 불면증이 있던 그분은 우연히 길에 홀로 떨어져 울고 있는 아기 고양이를 보호하게 되었는데 그날 밤에 이상한 느낌이 들어 깨어 보니 손바닥 위에 작은 몸을 한껏 동그랗게 말고 자고 있는 고양이가 있었다고 했다. 고양이 때문인지 알 수 없지만 신기하게도 그 이후로 잠을 잘 잘 수 있게 되었다는 그분은 이야기를 하며 눈물을 훔쳤고, 몇몇 분들은 따라서 눈시울을 붉혔다. 나는 그날 모임에 다녀와서 조금 이상한 기분이 들었다. 사실은 크게 공감하기 어려웠다. '그게 그렇게 눈물이 날 이야기였나?' 하며 그분이 오버하는 것 같다는 생각도 했다.

그리고 시간이 흘러 나는 첸과 쿤이와 함께 살고 있다. 내가 낳은 핏줄은 아니지만 어느새 셋이 있는 풍경이 익숙해지고 내 삶의 일부분이 되어 희로애락을 함께 느끼며 살아간다. 첸과 쿤은 나에게 늘 따뜻한 온기를 나누어주고 조건 없는 무한한 사랑을 보여주는 존재다. 지금은 그때 그분들이 흘렸던 눈물에 대해 충분히 공감한다. 그분 또한 고양이가 주는 온기에 얼마나 많은 감동을 받았을지 이제는 알 수 있게 되었다.

불교 용어 중에 '시절인연'이라는 말이 있다. 모든 인연은 오고 가는 시절이 있어서 굳이 애쓰지 않아도 만나야 할 인연은 만나게 되어 있고 아무리 애를 써도 만나지 못할 인연은 만나지 못한다는 것이다. 강아지를 입양할 생각이 조금도 없었던 나와 청주에서 부산까지 오게 된 첸과 서울의 한 사무실에서 평생 가족을 기다리고 있던 쿤이. 어떤 연결 고리도 없었던 우리가 가족이 된 것은 결국 시절인연이 아닌가 생각해 본다.

모든 연인의 사랑이 아름답지만은 않고, 아이를 바라보는 엄마의 마음이 늘 행복한 것만은 아닌 것처럼 우리도 함께 하는 과정에서 분명히 힘들고 괴로웠던 일들도 많았다. 지금은 그것이 언제였더라? 그래, 그랬던 적이 있었지 하면서 식이(남편)와 옛날이야기를 나누곤 한다. 하필이면 우리 집으로 와준 것이 너희라서 정말 고맙다.

첸과 쿤, 너라서 고마워.

1장

가 족 의

탄 생

뜻밖의 강아지

결혼을 하게 된다면, 하고 상상했을 때 떠올랐던 풍경들이
있었다. 넓고 깨끗한 집, 벽에 걸린 예쁜 그림들과 아기자
기한 인테리어와 따뜻한 색감의 조명. 그리고 집 안 어느
한구석에 새근새근 잠들어 있는 고양이 한 마리. 나는 털

달린 동물이라면 뭐든 다 좋아한다. 사람들이 더럽다고 혐오하는 쥐도 귀엽게 느껴지니까 말이다. 예전에 자취를 하면서 탁묘*를 하게 되었는데 그때 처음으로 내가 고양이 알레르기가 심하다는 것을 알게 되었다. 알레르기가 얼마나 심했던지 매일 아침마다 눈두덩이가 퉁퉁 부어 안약과 알레르기 약을 달고 다니다시피 했다. 그럼에도 불구하고 고양이가 주는 온기가 너무 좋아서, 그릉그릉 하는 소리가 좋아서 또 그렇게 고양이의 배에 얼굴을 비볐고, 그렇게 매일 아침을 지옥 같은 가려움과 함께 시작하곤 했다.

* 탁묘: 주인이 있는 고양이를 임시로 맡아서 대신 키워주는 것.

그래도 강아지를 키우는 것보단 손이 상대적으로 덜 가는 (하지만 고양이도 사실 외로움을 많이 탄다고 한다.) 고양이가 낫겠다는 생각이 들어 결혼하면 꼭 고양이를 한 마리 입양해 와야지 마음을 먹고 있었다. 그랬던 나의 계획과 달리, 나는 낯선 두 마리의 강아지와 한 침대를 나눠서 쓰고 있다. 이 당당한 강아지들은 내가 거실에서 밤늦게까지 일을 하고 있으면 주인이 일을 계속하든 말든 알아서 침대에 올라가 잠을 잔다. 가끔은 온 이불을 다 헤쳐서 동굴처럼 만들어 그 속에서 머리를 기대어 서로를 의지하며 자고 있기도 한다. 그 모습이 너무 귀여워서 나는 이불 속에 얼굴을 쑥 들이밀며 잠자고 있는 두 강아지의 배에 얼굴을 비빈다. 이불 속은 난로를 틀어 놓은 듯 따뜻하다. 물론 첸과 쿤이는 안에서 나가라고 난리가 나지만.

예비부부 다투다

아침에 눈을 뜨면 제일 먼저 하는 일이 있다. 누운 채로 이불을 들춰 보는 것이다. 내 옆구리에 항상 밀착해 있는 녀석은 하얀 몸뚱이를 가진 '챈'이다. 잠에 취해 비몽사몽하고 있는 챈을 보고 있으면 출근해야 하는 일도 잊어버릴

만큼 빠져든다. 지금은 웃으면서 이야기할 수 있게 된, 벌써 2년 묵은 이야기가 있다.

결혼하기 전에 식이는 원래 하고 싶어 했던 와인 관련 일을 시작하기 위해 직장을 그만두게 되었고, 새로운 일을 준비한다고 이래저래 사람들을 많이 만나러 다녔다. 하루는 청주에 계신 은사님을 뵈러 갔다 오더니 '우리, 강아지 키울래?'라고 물어왔다. 뜬금없는 이야기에 당황스러웠지만, 우리는 결혼할 계획이었기 때문에 함께 논의해야 할 중요한 문제였다.

'첸'이라는 강아지는 은사님이 선물 받은 강아지인데, 몇 개월 정도 키우다가 개인 사정으로 키우지 못하게 되었다고 했다. 결국 강아지를 동생에게 보냈는데 첸이 너무 유별나서 키우기가 어려워지자 다시 입양을 보낸다는 것이었다. 식이는 이 강아지가 '이탈리안 그레이하운드'라는 아주 특이한 종이고 비싼 강아지라고 말했다. 왠지 목소리가 신이 나 있었다. '이렇게 비싸고 멋진 강아지를 키우고 싶어.'라는 목소리가 들리는 것 같았다.

나에게 고민해보라고 이야기는 했지만 이미 답이 나와 있는 질문지 같았다. 식이가 '잘 키울 수 있어. 이제 내가 프리랜서니까 집에 오랫동안 있잖아.' 하며 강한 의지를 보이며 설득했기 때문이다. 그렇지만 무척 화가 났다. 반려동물을 키워 본 나로선 신중하지 못한 그 행동이 너무나도 무책임하다는 생각이 들어 마구 쏘아붙였다. 그러자 화를 낸 나에게 짜증이 났는지 식이는 도리어 '그러면 다른데 줘버리지 뭐!' 하고 같이 화를 내었다.

파혼

우리는 연애를 하는 동안 한 번도 크게 싸운 적이 없었다. 싸우더라도 대화로 잘 풀곤 했던 우리였는데 강아지 입양 문제로 처음으로 서로 얼굴을 붉히며 싸웠다. 남들은 결혼 준비를 할 때 혼수나 결혼식장 예약 때문에 싸운다는

데 우리는 강아지 때문에 싸우게 되다니! 이렇게 어처구
니없는 일이 있을까?

하필 결혼을 준비하고 있었기 때문에 일이 더욱 복잡했다.
예비 시어머니께서는 전화가 와서 제발 강아지를 데려오
지 않게 말리라고 하셨다. 반려견을 오래 키워본 경험이
있는 어머님께서는 너희가 신혼살림에 강아지를 어떻게
키울 거냐고 크게 걱정을 하셨다. 주변엔 많은 말들이 있
었지만 첸을 데려오라는 사람은 거의 없었다.

거의 2주 동안 강아지 이야기만 나오면 화를 내고 다툰 끝
에 눈물을 흘렸다. 우리의 의견은 서로 평행선을 달리는
것처럼 좁혀지지 못했고 '이 사람이 원래 이렇게 벽처럼
이야기하는 사람이었나' 싶어 정말 이 사람과 결혼해도 되
는 것일까? 파혼을 해야 하나, 생각이 들 정도였다. 식이
는 자꾸만 내 마음대로 하라고 결정을 미루었고 나는 아무
것도 쉽게 선택할 수 없었다. 입양이라는 것이 생각보다
너무 어려웠다. 데려오자니 키우는 게 무섭고 보내버리자
니 제대로 된 주인을 만나지 못하고 또다시 파양을 당할까
봐 걱정이 되었다. 내가 고민하고 있었기 때문에 싸움은
점점 길어졌다.

계속된 싸움 끝에 우리는 결국 첸을 데려오기로 마음먹었다. 말썽을 부려 집 안을 초토화시켜 놓으면 어쩌지, 혼자 집에서 외로워 엉엉 울어대면 어쩌지, 행여나 큰 병에 걸려 수술비가 많이 나오면 어쩌지, 나이가 들어 무지개다리를 건너면 어쩌지, 이런 걱정은 일단 접기로 했다. 그냥 지금은 우리가 할 수 있는 일을 하기로 했다. 우리가 첸의 마지막 주인이 되어주자, 그렇게 서로 약속을 했다.

웨딩 촬영 대작전

반려동물을 키우는 사람이라면 누구나 한 번쯤 사랑하는
반려동물과 함께 사진을 찍고 싶다는 로망이 있을 것이다.
나도 그런 로망이 있었다. 첸의 입양이 결정되고 난 후에
우리는 본격적인 결혼 준비를 했다. 웨딩플래너님을 만나

상담을 받고 나머지 조건이 나쁘지 않아 이쪽으로 결정할까 싶어서 이것저것 추가로 물어보았다. 우리의 관심사는 스드메(스튜디오, 드레스, 메이크업) 중에서도 '스튜디오'였다. 좋은 스튜디오인지, 얼마나 잘 찍는 스튜디오인지보다도 오로지 '같이 찍어도 될까요?'였다.

하지만 반려동물을 데리고 갈 수 있는 장소는 일반적으로 딱 정해져 있는 경우가 많고, 특히나 스튜디오는 전문 스튜디오가 따로 있으니 웨딩 촬영에 반려동물을 동반하는 건 어려울 것 같았다. 그래서 아예 마음을 접고 있었는데 우물쭈물하는 내 얼굴에서 마음을 읽기라도 했던 것인지, 식이가 먼저 플래너님에게 물어봐주었다.

"혹시, 저희가 강아지를 한 마리 키우고 있는데… 사진을 같이 찍을 수 있을까요?"

플래너님은 확인해 보겠다고 이야기하고 바로 스튜디오에 전화를 걸었다. 어떤 답변이 나올지 몰라 손에 땀이 날 지경이었다. 짧은 통화가 끝나고 플래너는 'OK' 사인을 보내왔다. 나의 로망이 이루어지는 순간이었다.

촬영하는 날, 케이지에 갇힌 첸은 스튜디오가 떠나가라 울어댔다. 사진은 사진대로 찍어야 하고, 첸은 첸대로 신경

써야 하고 너무나도 정신이 없었다. 결국 촬영하는 동안
첸을 계속해서 데리고 움직이다가 언니가 오고 나서야 촬
영에 집중할 수 있었다. 촬영을 한참 하다가 도중에 작가
님께서 강아지와 함께 몇 컷 더 찍어 보자는 제안을 해주
셨다. 첸에게 이리 와서 서보라고 손짓 발짓하며 신호를
보냈지만, 벅차오르는 내 맘과 달리 첸이 전혀 말을 듣지
않아 당황스러웠다. 자꾸만 우리 쪽을 바라보고 있어서 도
무지 촬영을 할 수가 없었다. 목줄도 당겨 보고 작가님과
언니가 앞을 보도록 아기 돌 사진을 찍듯이 간식도 흔들어
보고 이름도 계속해서 불러댔다. 그렇게 애를 써도 미동도
없던 첸이 일순간 카메라를 응시했다! 우리는 이 찰나를
놓치지 않았다.

웨딩 촬영 사진본을 받았을 때, 나는 빵 터지고 말았다. 식
이에게는 미안하지만, 나는 다른 사진들에서는 썩소를 짓
고 있던 것과 달리 첸이 등장하는 사진 속에서는 정말 환
하게 웃고 있었다. 어쨌든, 우리의 첫 번째 가족사진은 대
성공이었다.

네컷 일기

#둔하다

첸은 신기하다.

체엔~

가끔 강아지가 맞나 싶을 정도로

오오~!

둔하다.

잘자네

아무래도 집은 못 지킬 듯하다.

???

식이네 집에서 내 자취방까지는 부산에서 KTX를 타고 서울로 가는 시간과 비슷했다. 왕복으로 4시간 정도 걸리는 우리는 부산의 끝과 끝에 살고 있었다. 식이는 매일 밤 데이트가 끝나면 나를 집까지 데려다주고 또 2시간을 달려서 집으로 갔다. 식이가 집으로 가는 동안 나는 깨끗이 씻고 그분(?)을 맞이할 준비를 했다. 식이로부터 집에 도착했다는 카톡을 받고 조금 뒤 걸려온 영상통화를 재빠르게 받으면 그분을 만날 수 있었다.

"첸~~ 귀여운 첸!"

물론 첸은 내 목소리 때문이 아니라 바로 눈앞에 서 있는 식이가 반가워서 꼬리를 열심히 흔든 것이지만, 나는 혹시 내 목소리가 들릴까 내 얼굴이 보일까 휴대폰을 향해 손을 열심히 흔들었다. 우리는 첸이 오고 난 뒤에 부쩍 영상통화를 많이 하게 되었다. 물론 영상통화의 90%를 차지하는 얼굴은 첸이다. 강아지를 데려오네 마네, 난 자신이 있니 없니 이런 이야기들이 무색해질 만큼 우리의 영상통화는 애틋했다. 대화할 거리도 없고 상대편은 나를 봐주지도 않는 그저 그런 짝사랑이지만 바닥에서 뒹굴뒹굴하는 모습, 밥을 먹는 모습, 후다닥 뛰어가는 모습을 휴대폰으로 보고 있으면 그게 그렇게 기분 좋을 수가 없었다. 하루의 피곤함이 씻기는 귀여움! 나만의 힐링 타임! 아마도 식이의 질투는 이때부터 조금씩 쌓여가고 있던 것이 아니었나 싶다.

덕통사고[*]

우리 집 강아지니까 당연히 예쁘긴 하지만 사실 원래 나의
이상형 강아지는 첸 같은 강아지가 아니었다. 강아지라면

---

* 덕통사고: 교통사고처럼 갑자기 일어난 어떤 일로 팬(덕후)이 되는 것.

뭐니 뭐니 해도 '털'이 아닌가. 복슬복슬 풍성한 꼬리를 좌우로 흔들면 엉덩이까지 같이 씰룩씰룩대는 모습이 영락없는 '인형'처럼 보이기 때문이다. 늘 나의 이상형 강아지는 포메라니안이었다. 풍성한 가슴 털, 깜찍한 외모, 순진무구해 보이는 표정에 갸우뚱한 머리. 일명 곰돌이 컷으로 털을 다듬기라도 하면 그야말로 살아서 걸어 다니는 인형이 아닐 수 없었다. 이와 달리 사진으로 먼저 보았던 첸은 내가 싫어하는 모든 걸 갖춘 강아지였다. 털이 짧고 다리가 길고 몸이 바싹 마른. 게다가 첸의 주변으로 난도질당한 휴지 조각들이 널브러져 있었다.

"말썽쟁이에 내가 딱 싫어하는 상이네!"
그러나 그 말은 첸을 만나기 위해 현관문을 열고 들어서자마자 쏙 들어갔다. 바닥에 앉아 있던 첸은 나를 보고 한 3초간 정지했다가 벌떡 일어나 펄쩍펄쩍 엉덩이가 하늘로 솟아오를 듯 뛰어왔다. 마치 '흰색 톰슨가젤' 같았다.
바둥대는 첸의 몸뚱이를 잡았다. 털이 짧다 못해 거의 없는 지경에 가까워 첸의 살결을 느낄 수 있었다. 강아지의 살결을 느끼는 것은 처음이라 이상해서 헛웃음이 자꾸만 터져 나왔다. 한 손에 잡히는 길쭉한 코, 모델처럼 길고 늘씬한 다리, 그와 대비되는 튼튼한 가슴 근육을 가진 첸은 엎드려 있으면 가슴이 헬스를 많이 한 남자처럼 하트 가슴이 되었다. 그 모습에 또 한참을 웃었다.

집으로 돌아와 자려고 불을 끄고 누웠는데 자꾸만 첸의 모습이 떠올랐다. 구슬같이 까만 눈과 빨갛게 뜨거워진 피부, 하트 가슴 그리고 무릎에 앉았을 때 느껴졌던 따뜻한 온기까지. 또 만나고 싶었다. 그렇게 나는 첸에게 '입덕*'한 것이다.

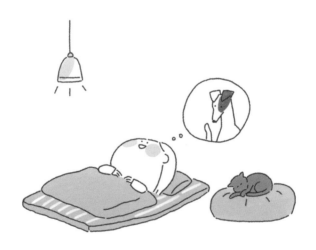

* 입덕: '들 입(入)'과 '덕후(오타쿠)'의 합성어로 어떤 대상을 격하게 좋아하기 시작한 것을 이르는 말.

첫 겨울

꽉 여민 두꺼운 외투 사이로 차가운 기운이 스며들고 숨
쉴 때면 하얀 입김이 뭉게뭉게 피어나는 겨울이 찾아오면,
어린 시절 강아지와 함께했던 겨울이 떠오르곤 한다.
온 마을에 눈이 소복이 쌓일 만큼 많이 내린 날이 있었다.

아빠와 함께 옷을 두껍게 껴입고 마당으로 나갔더니 우리 집 강아지 만두가 하얀 토끼처럼 눈 사이를 폴짝폴짝 뛰어다니고 있는 게 아닌가. 만두는 눈밭에서 빙글빙글 돌기도 하고 앞발로 눈을 헤집기도 하고 코로 흩뿌리기도 했는데 나보다도 더 신이 나 보여서 한참을 웃었다.

올해도 어김없이 겨울이 찾아왔다. 오랜만에 강아지와 함께 맞는 겨울이었다. 결혼하기 전에 식이가 종종 일 때문에 집을 비울 때면 나는 예비 신혼집에 가서 첸을 대신 봐주곤 했다. 며칠뿐이긴 하지만 잘 돌봐주고 싶어서 출근하기 전 캄캄한 새벽마다 첸을 데리고 산책을 나갔다. 새벽 공기는 더더욱 차가워 숨을 쉴 때면 하얗게 입김이 피어올랐는데 첸의 코에서도 하얀 김이 피어올랐다. 산책을 할 때면 첸은 자꾸만 바들바들 떨었다. 그때서야 깨달았다. 추위를 많이 타는 강아지도 있다는 것을. 만두를 키웠던 기억 때문에 '강아지는 털이 있어 겨울에도 괜찮아!'라고 오해하고 있었던 것이다. 씰룩대며 걷는 첸의 엉덩이를 보니 목욕을 막 마치고 나온 벌거벗은 아기 같았다. 털이 있으나, 털이 없는 것 같은 첸이었다.

인터넷으로 검색을 해보니, 원래 이탈리안 그레이하운드는 털이 짧고 추위에 약한 종이라고 했다. 그래서 실내에서 키우기 적합한 종이라고. 나는 하루빨리 옷을 사주어야 겠다고 생각했다. 첸은 창문을 열어 놓아 조금만 실내 온 도가 떨어져도 바들바들 떨었고 전기장판 위에서 몸을 지지는 것을 좋아했다. 전기장판이 깔려 있는 이불 속에 들어가면 그 속이 너무 건조하고 더워 헥헥거리면서도 다시 또 전기장판을 찾았다. 이런 강아지가 처음이라 무척 낯설면서도 신기했다.

첸과 맞이한 첫 번째 겨울, 새로운 해가 시작되기 전에 우리는 알아가야 할 것들이 많았다.

강아지와 겨울나기

 반려인의 한마디

첸은 벌거숭이로, 저는 패딩을 껴입고 산책을 한 적이 있습니다. 그전에는 '강아지는 추위를 별로 안 타지 않나?', '옷 입으면 불편할 것 같은데?'라고 생각해서 옷을 전혀 사지 않은 상황이었어요. 하지만 찬바람에 사시나무처럼 떠는 첸을 보고서 그것이 제 편견이라는 것을 알게 되었습니다. 더위나 추위의 경우 강아지마다 다르게 느끼니 우리 강아지는 어떤지 꼭 확인하고 알맞게 준비해주세요!

겨울에 실내복을 입는 강아지들이 있는데 첸은 집 안에서 옷을 입는 것을 불편해서 산책할 때에만 옷을 입혀요. 두꺼운 옷을 입혀서 데리고 나가는 것이 좋기 때문에 저는 기모가 빵빵하게 들어 있는 롬퍼*를 주로 입힙니다. 기온이 크게 떨어져 평소보다 더 추운 날에는 롬퍼를 입고 그 위에 패딩 조끼를 입는 강아지들도 많이 보았어요.

* **롬퍼** | 목부터 다리까지 감싸는 상하의가 붙어 있는 옷.

네컷 일기

\# 방석

천은 맨바닥을

누울곳이..

싫어한다

그래서 어디에 눕든 무엇인가가

깔려있어야 눕는다

양말?

훈련소

강아지를 키우는 것은 아이를 키우는 것과 비슷하다. 강아
지 칫솔, 치약, 침대, 옷, 샴푸, 유모차 등 물건들도 비슷하
고 강아지 자연식 요리도 아기 이유식과 비슷해서 여러모
로 공통점이 많다. 나는 여기서 한 발자국 더 나아가 첸에

게 조기 교육을 시키는 실수(?)를 저지르고 말았다.

일부러 그랬던 것은 아니었다. 첸을 데려오려고 하던 시기에 우리가 들어갈 신혼집이 계속해서 공사를 하고 있었고 빨라야 4-5개월 뒤에 입주할 수 있었다. 하루빨리 첸을 데리고 와야 하는데 우리에겐 집이 없었다. 결국 돈을 들이더라도 훈련소에 3개월 정도 맡겨야만 해서 적당한 곳에 첸을 보냈다. 태어난 지 1년도 채 되지 않은 꼬맹이를 훈련소에 보내려니 갓 스무 살이 된 아들을 군대에 보내는 엄마처럼 마냥 걱정이 앞섰다. 그저 첸이 3개월 뒤에 늠름하고 똑똑한 강아지가 되어 우리 품으로 돌아오길 바라며 돌아섰다.

면회!

1개월 반이 지났을 때 한 번 중간 점검차 훈련소에 들렀다. 첸을 만나러 가는 길이 군대 간 남자친구에게 면회를 가는 것처럼 심장이 두근두근했다. 오랜만에 만난 첸은 여전히 망아지같이 펄쩍펄쩍 뛰었고 나에게는 오는 둥 마는 둥 했다. 내가 겨우 첸을 잡아서 들어 올리자 첸은 온 힘을 다해 나에게 발길질을 해댔다. '그래, 내가 아직 주인은 아니니 낯설어서 그러는 거겠지?' 하며 애써 서운한 감정을 숨겼다. 소장님에게 얼마나 훈련이 되었는지 물어보았더니 아직 하울링*을 잡고 있는 중이라고 했다.

그 후 3개월 뒤, 우리는 뜻밖의 이야기를 듣게 되었다.

"훈련이 덜 되었어요."

"네?"

소장님은 강아지가 훈련이 거의 되지 않아 2개월 정도 더 교육을 시켜주겠다고 했다. 무척 당황스러운 이야기였지만 마침 입주 시기도 맞지 않아 첸을 2개월 더 그곳에서 훈련을 받도록 했다. 첸은 그렇게 5개월 동안 훈련소에서 숙식을 해결하고 우리 곁으로 왔다. 하지만 여전히 훈련은 되어 있지 않았다. 결국 2개월 수업비는 내지 않았다.

첸은 배변 패드를 깔아 두어도 거실에 돌아다니면서 오줌과 똥을 싸두었고, 우리가 집을 비울 때면 집 안을 초토화시켜 놓았으며, 울타리에 잠시 두거나 사람이 눈앞에서 사라지면 엄청 큰소리로 울어댔다. 그때마다 한숨이 났지만 첸의 순진무구한 눈망울을 보면 나도 모르게 허탈한 웃음이 나왔다. 첸의 눈이 구슬처럼 예뻐서 혼을 못 내겠다고 했던 소장님의 말이 백 번 이해가 되는 순간이었다.

우리는 어쩌면 조기교육을 시키는 엄마들처럼 우리 강아지가 다른 강아지들보다 더 일찍, 더 빠르게 남들보다 더 똑똑했으면 하는 욕심이 있었던 것 같다. 우리는 함께 지

---

* 하울링Howling: 늑대처럼 '아우우' 우는 행동.

낼 거라는 이유로 첸을 우리에게 맞추려고만 했지 첸의 마음을 들여다보지 않았던 우리의 이기적인 행동을 반성하게 되었다. 앞으로는 그저 건강하게만 지내주길.

강아지와 훈련소

첸을 보냈던 훈련소에는 외부에서 오는 손님이 볼 수 없도록 벽으로 가려져 있기도 하고 진행 상황을 꼼꼼하게 체크해놓은 칠판도 있었어요. 환경은 나쁘지 않은 편이었지만, 저는 훈련소보다는 주인이 직접 교육하는 것을 좀 더 추천합니다.

강아지가 맹견이나 전문 훈련이 필요한 경우에는 전문가가 하는 게 맞다고 생각하지만, 집에서 키우는 반려견에게 요구되는 것은 '짖지 않는 것', '분리불안이 적을 것', '얌전할 것'이 대부분이라서요. 반려인들이 조금씩 집에서 교육을 시키면 충분히 좋아질 수 있는 부분이라고 생각합니다. 또한 반려견에게 나타나는 문제들은 주로 사람의 행동에서 영향을 받아 발생하는 것들이 많으니 반려견의 행동에 대한 충분한 이해와 공부가 필요합니다. 그리고 훈련을 받고 오더라도 환경이나 대상이 바뀌면 훈련소에서 훈련을 받았어도 잘 지켜지지 않는 경우도 많다고 해요!

질투의 화신

우리는 '신혼부부'이지만 여느 신혼부부와는 좀 다르다.
우스갯소리로 '우리는 10년 된 부부 같아요.'라는 말을 자
주 하는데 팔짱을 끼는 것보다 어깨동무를 하는 것이 자연
스러운 부부다. 단, 집에서만 그렇다. 밖에서는 여느 커플

처럼 손을 잡고 팔짱을 끼고 돌아다니지만 집에만 오면 우리는 무척 삭막해진다. 한창 불타올라야 할 시기에 데면데면하다니 이게 무슨 가당치 않은 말인가 생각할 수 있지만 우리는 결혼 후 사이가 더 소원(?)해졌다. 그 범인은 바로 첸이다. 식이는 굉장히 낙천적인 사람이라 특별히 화를 내는 일이 없고 매사 걱정이 별로 없는 잔잔한 호수 같은 사람이다. 하지만 첸과 함께하고부터 질투의 화신이 되어 때때로 첸과 나에게 짜증을 낸다.

"저리 가라고!"
"내 자리라고!"

첸은 우리와 함께 침대 생활을 하는데 신기하게도 잠을 잘 때면 꼭 나와 식이의 중간을 정확하게 파고든다. 하는 짓이 꼭 엄마 아빠 자는데 같이 자겠다고 떼쓰는 다섯 살 꼬마 같다. 식이는 내 뒤에 찰싹 붙어 어떻게든 첸을 막아 보겠다고 발버둥 치지만 첸은 자기가 거부당했다고 느껴지면 그 즉시 '발길질'을 시전한다. 내 팔을 사정없이 긁어버리는데 길쭉한 다리에 날카로운 발톱이 은근히 아프다. 너무 아파서 내가 포기 선언을 하고 식이를 저지시키면 첸은 그제야 자기 자리를 찾았다는 듯이 유유히 침대 가운데에 와서 한숨을 후- 쉬고 드러눕는다.

식이는 침대에 올라오게 만든 자체가 잘못되었다고 종종 호통을 쳐서 첸을 바닥에서 자게 만든다. 하지만 새벽쯤 눈을 떠 보면 내 옆구리에는 식이가 아니라 하얀 첸의 엉덩이가 와 있다. 그 모습을 보면 또 너무 사랑스러워서 식이 몰래 첸을 끌어안고 잠이 든다.

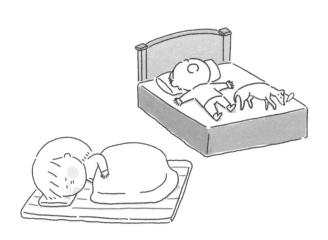

고래 싸움에 새우 등 터지듯, 두 남자(?)의 침대 쟁탈전에 고생하는 것은 결국 나뿐이다. 늘 한쪽 옆구리에는 식이가 다른 한쪽엔 첸이 바싹 붙어 있다. 다리를 한껏 뻗고 잠을 자는 두 남자는 둘이서 자리가 비좁다고 이리저리 난리를 부린다. 결국 나는 그 등쌀에 못 이겨 이불과 베개를 챙기고 거실로 나와서 쪼그려 잠을 잔다.

네 컷 일기

천은

#핸드폰

내가 핸드폰을 쓰면

싫어한다

극혐!!

팔

(쪼—옴!!!)

아파

강아지가 있는 풍경

●

열
번
째
이
야
기

행복의 발견

결혼식, 5박 6일의 신혼여행과 시댁, 친정 방문 같은 것들
이 정신없이 휩쓸고 지나간 후에 나는 일부러 주말에 아무
약속도 잡지 않고 오로지 새로운 공간에서 시간을 보낸다.
혼자 잠에서 깨어나 주섬주섬 냉장고에서 먹을 것을 꺼내어 컴퓨터를 하며 밥을 먹던 어느 자취생의 주말 풍경은 테이블 매트에 화분에 나름대로 꾸며 놓은 원목 식탁과 그 위에 놓인 따뜻한 밥으로 달라져 있었다.

요리와 집안일을 좋아하는 식이는 주말이면 늦잠을 자는 나를 위해 먼저 일어나 자신만의 레시피로 밥을 차려준다. 내가 좋아하는 두부나 치즈, 샐러드 같은 것들로 만든 밥 상이 식탁 위에 차려지면 우리는 자리를 잡고 앉는다. 그리고 자연스럽게 쳰도 앉는다. 다른 강아지들도 그런지 잘 모르겠지만, 쳰은 유난히 앞발을 잘 사용한다. 고양이를 키웠던 나는 쳰이 고양이처럼 앞발을 사용한다고 생각했다. 우리가 식탁에서 밥을 먹을 때면 쳰은 만만한 나에게 와서 내 팔을 마구 잡아당긴다. 두 발로 서서 내가 숟가락을 들지 못하게 저지한다. 자꾸만 그러기에 '아, 그러면 너도 앉든가!' 하며 의자를 빼주자 의자 위로 깡충 뛰어올라와 사람처럼 엉덩이를 붙이고 앉았다. 그 후로 재미있어서 가끔 의자를 빼주면 매번 폴짝 뛰어 앉는데 나중에는 우리가 식탁에 앉지 않아도 혼자 가서 의자에 앉아 있곤 한다. 그 모습이 사람 같아서 웃음이 나온다.

주말엔 늘 평일에 미뤄둔 청소를 한다. 사람 둘에 강아지 한 마리가 함께 살다 보니 집이 정신없이 어질러져 있다.

청소기를 돌리고 환기를 시키고 빨래도 한다. 우리 집은 빛이 아주 잘 들어 낮에는 늘 햇볕이 온 집 안을 가득 채운다. 식이와 내가 청소를 하느라 여기저기 분주하게 돌아다니는 동안 첸은 창문에서 쪼개진 햇빛이 만든 네모난 자리를 방석 삼아 몸을 찰싹 붙이고 눕는다. 몸이 노곤했는지 웅크리기도 하고 다리를 쭉 펴고 옆으로 돌아눕기도 한다.

우리가 청소를 마쳐도 미동 없이 자고 있는 첸을 가만히 들여다보고 있으면 온 세상이 정지한 듯 평화로운 기분이 든다. TV 소리도 없고 빵빵거리는 차 소리도 없고 그저 어딘가에서 희미하게 세탁기 돌아가는 소리가 들린다. 나와 식이는 차를 마시고 첸은 여전히 잠에 빠져 있다. 복잡할 것도 어려울 것도 없을 것 같은 첸은 어떤 꿈을 꾸고 있을까. 내가 첸을 바라보는 풍경을 좋아하는 것처럼 첸도 우리를 바라보는 풍경을 좋아할까.

2장

너 라 는

개

서열 정리

끼잉

"강아지는 서열이 중요해."

첸을 데려오기 전에 가장 많이 들었던 조언 중에 하나다.

복종 훈련을 확실히 해서 서열을 잡아둬야 예절 바른 강아

지가 된다고들 하니, 첸에게도 복종훈련을 해야 하는 것일

까 고민했다. 복종을 하게 만드는 방법은 여러 가지가 있었다.

1. 산책할 때는 줄을 짧게 잡아 주인보다 앞서 가지 않도록 해야 한다.
2. 밥은 주인이 먹고 나서 주어야 한다.
3. 잠을 잘 때에는 주인과 반드시 분리하여 자야 한다.

이 세 가지는 서열을 정리하기 위해 지켜야 할 기본적인 규칙이었다.

제일 처음 시도한 것은 TV 볼 때 따로 휴식을 취하는 것과 잠을 잘 때 각자의 침대에서 자는 것이었다. 먼저 우리가 TV를 보며 쉴 때는 첸을 울타리 안으로 보내서 쉬게한 다음, 울타리 안에서 방석 위에 얌전히 앉으면 간식을 주었다. 뛰어나오려고 하면 혼을 내고 다시 울타리 안으로 집어넣는 것을 반복했다. 울타리에 갇힌 첸은 낑낑 울기 시작했다. 그리고 우리가 계속 그 모습을 무시하자 '끄어엉 끄어엉' 더 큰 소리로 울기 시작했다. 참아야 한다, 참아야 한다고 마음을 다졌지만 첸의 울음소리를 듣고 있는 것이 너무 괴로웠다. 울다 지쳐서 목소리가 줄어들기 시작하면 그제야 간식을 하나 던져주고 잘했다고 머리를 쓰다듬어주었다.

밤에는 더 심했다. 첸을 울타리에 넣어 두고 침실로 돌아오면 5분도 채 되지 않아 옆집까지 들릴 정도로 울어대는 탓에 이웃집에 항의가 무서워 울타리를 열어주곤 했다. 행여나 꺼내주지 않고 잠이 들 경우엔 새벽이 되면 울타리를 탈출한 첸을 이불 속에서 발견할 수 있었다. 식이는 완강했지만 나는 그렇지 못했다. 불쌍했다. 그냥 사랑받고 자라 온 강아지라면 어떻게든 교육해보고자 했겠지만, 주인에게 거절당한 경험이 있는 첸에게 서열을 정리하고 복종 훈련을 하는 게 맞는 걸까? 우리 곁으로 와서 애교를 피웠던 것도 주인으로 생각해서 그랬다기보다 누군가에게 의지하고 싶었던 것은 아닐까?

그 이후로 나는 그냥 마음을 열어버리기로 했다. 첸에게 사랑받고 있다는 행복함을 먼저 알려주고 싶었다. 그렇게 다짐한 후에 우리는 같이 산책을 하고 같이 TV를 보고 같이 나란히 누워 잠을 잔다. 첸은 식이가 있을 때에는 침대에 올라오지 않지만 내가 있으면 늘 침대에 올라온다. 아침엔 밥을 달라고 나를 밟고 다니기도 한다.

어쩌면 나는 첸과 동급이거나 더 아래일지도 모르지만, 그래. 그러면 좀 어때. 내 무릎에만 올라오면 스르르 잠이 들어버리는 첸을 볼 때면, 이렇게 지내는 것도 나쁘지 않다는 생각이 든다.

강 아 지 와   서 열

 반려인의 한마디

흔히들 강아지는 서열이 중요하다고 합니다. 강아지는 늑대와 같이 무리를 지어 생활하는 동물로 우두머리가 있고 우두머리가 모든 것을 총괄하기 때문입니다. 이를 '알파 독' 이론이라고 부른다고 해요. 그래서 견주가 서열 1위가 되면 반려견들은 자연스레 견주의 통제에 따른다는 것입니다.

이러한 이야기를 익히 듣고 첸을 데려왔기에 식이는 첸이 배변 실수를 하거나 침대에 올라왔을 때 매섭게 혼(바닥을 때리는 시늉)을 낸 적이 있습니다. 그래서인지 첸은 식이와 함께 있을 때면 문제 행동을 거의 하지 않지만 가까이 누워 있지도 않으려고 할 때가 많아요. 반대로 '모든 것을 사랑해주리라' 하며 많이 예뻐해준 저에게는 껌딱지처럼 붙어 있지만 말은 잘 안 듣더라구요.

최근엔 강압적인 훈련 방식인 알파 독 훈련법보다 반려견의 언어를 이해하는 카밍 시그널 훈련법이 인기를 끌고 있다고 합니다. 이제는 '반려'견의 의미처럼 강아지를 서열을 정해야 할 대상이 아닌, 가족으로 받아들여야 하지 않을까요? 가끔 말을 안 듣고, 말썽을 피울 때도 있겠지만 막내 동생처럼 사랑해주세요.

분리불안을 마주하다

혼자 잘 노네..

결혼을 하고 신혼여행을 다녀와서 잠시 맡겨두었던 첸을 데려왔다. 첸을 훈련소에서 데려온 이후에는 첸과 그리 오래 떨어져 있었던 적이 없었다. 남은 휴가 기간 동안 첸과 24시간 붙어 있었는데 첸은 뭐가 그렇게 신이 나는지 혼자 인형을 물고 방방 뛰어다녔다. 그러다 잠이 오면 내 무릎에 슬며시 올라와 잠이 들거나 폭신한 방석 위에서 잠을 잤다. 쉬도 배변 패드에 가서 예쁘게 누웠고, 밥도 가득 채워 놓으면 알아서 배가 고플 때마다 먹었다(자율 배식이라고 부른다). 가끔 내가 화장실에 들어가서 문을 닫거나 옷을 갈아입는다고 방에 들어가면 낑낑대며 문을 긁어 댔지만, '나를 주인으로 생각하는 걸까?' 하며 얼른 문을 열어주었다. 첸은 내가 생각했던 것보다 훨씬 더 잘 지냈다. '괜히 훈련소에 보냈나 보다, 알아서 잘하네' 하고 생각했을 정도였는데 그것은 성급한 판단이었다.

휴가가 끝나고 오랜만에 출근하게 되어 나와 식이는 아침부터 바쁘게 움직였다. 회사까지 1시간이 조금 더 걸리기 때문에 조금이라도 지체했다가는 바로 지각행이었다. 그런 우리의 모습이 낯설었는지 첸은 침대에 몸을 납작하게 눕고서는 우리의 동선을 따라 눈만 이리저리 굴리고 있었다. 준비를 마친 후 첸에게 인사를 하고 현관문을 닫으려는데 닫기가 무섭게 첸은 난생처음 듣는 목소리로 온 아파트가 떠나가라 울기 시작했다. 나는 당황해서 문을 열어야 하나 어쩔 줄 모르고 있었는데 그 사이 엘리베이터가 와버렸다. 출근을 해야 하기에 울부짖는 첸을 두고 뒤돌아서고 말았다. 주차장으로 향하는 엘리베이터 안에서도, 지하 2층 주차장에서도 첸의 울음소리는 또렷이 들려왔다.

한 번 그 일을 겪고 나니 매일 아침이 오는 것이 무서웠다. 첸은 어김없이 우리를 따라 나와 울부짖었고 현관문을 열어보려고 앞발로 온 힘을 다해 발길질을 했다. 집에 돌아와 현관문을 확인해보면 첸의 발톱 자국이 선명하게 남아 있어 마음이 너무 아팠다. 말로만 듣던 '분리불안'이었다. 첸을 보는 나도 힘들었지만 매일 아침 사랑하는 주인과 헤어져야 하는 첸 또한 얼마나 마음이 아팠을까. 서로 상처받지 않기 위해서라도 우리 둘에게 꼭 풀어야 할 숙제가 생겼다.

강 아 지 와 분 리 불 안

분리불안은 「TV동물농장」이나 「세상에 나쁜 개는 없다」 프로그램을 통해서 많이 접한 단어였어요. 무엇인지는 알고 있었지만 직접 겪어본 적은 없는데 첸을 데려오면서 분리불안을 처음으로 확인하게 된 것이죠.

반려견의 분리불안이란, 반려인과 떨어지게 되면 심리적으로 불안해져 짖거나 울며 문제 행동을 하는 것을 말합니다. 엄마가 눈앞에서 사라지면 불안해하는 아기의 모습에서도 분리불안을 확인할 수 있습니다. 분리불안이 심한 강아지들은 반려인이 눈앞에서 사라지기만 해도 불안해하며 큰소리로 울거나 배변 실수를 하거나 하염없이 반려인만 기다리는 모습을 볼 수 있습니다.

분리불안을 해결하기 위해서는 반려견이 지나치게 주인에게 의존하지 않도록 독립성을 길러줄 필요가 있습니다. 반려인이 없어도 괜찮다는 것을 인지시켜주어야 하죠. 하지만 무엇보다도 반려견에게 지속적인 관심과 애정이 있어야 합니다. 문제 행동을 고치기 위해서 다양한 훈련도 물론 중요하지만, 결국 이 모든 것들은 사랑을 바탕으로 하기 때문입니다.

이름

첸이라는 이름은 첸의 첫 번째 주인이 지어준 이름이라 첸
을 입양해 오면서 새로운 이름을 지어주는 것이 좋을지 고
민한 적이 있었다. 첸의 하얀 몸과 개성 있는 반쪽 얼굴 무
늬 때문에 '바둑이', '반반', '오레오', '흰검이', '쿠앤크'와 같

은 이름이 쏟아져 나왔다. 강아지 이름이라고 너무 막 짓
는 게 아닌가 하는 생각이 들기도 하고 첸의 고상한 외모
와 너무 어울리지 않는 이름이라서 짓기를 포기했다. 그러
다 짧은 기간이지만 지나쳐간 주인이 불러줬던 이름이니
첸을 그대로 첸이라고 부르기로 했다.

어릴 적 키우던 강아지들 이름은 '담비', '찡코', '만두'여서
부르기도 친근하고 익숙했는데 '첸'이라는 이름은 왠지 모
르게 낯설게 느껴졌다. 외자가 어색해서 나는 '첸이'라고
많이 불렀다. 이렇게 부르나 저렇게 부르나 첸은 우리가
아무리 애타게 이름을 불러도 한 번을 제대로 쳐다보는 일
이 없었다. 팔을 활짝 펴고 있으면 몸을 쭈뼛거리면서 다
가오긴 했지만 대체로는 자기가 원할 때 오고 원할 때 돌
아갔다. 주인이 여러 번 바뀌기도 했고, 우리와 아직 지낸
시간이 많지 않기 때문에 아직 나를 주인으로 인정하지 않
아서일까? 하고 추측할 뿐이었다.

딱히 첸에게 '주인이니 내 말을 잘 들어야지' 하는 바람은
없었지만, 그 마음과는 달리 무척 서운했던 사건이 있었
다. 식이와 나, 그리고 식이의 다섯 살 조카와 첸을 데리고
근처 공원에 산책을 가게 되었던 어느 날. 모처럼 멀리 나
가게 되어 새 목줄을 찾다가 산책할 때는 목줄보다는 가슴
줄이, 짧은 리드줄보다는 긴 리드줄*이 좋다는 이야기를

듣고 큰 마음먹고 비싼 돈을 주고 h형 하네스*를 샀다. 맘이 급해서 제대로 된 사이즈를 재지 못하고 그냥 눈대중으로 구입해 왔는데, 집에 와서 입혀보았더니 조금 크긴 했지만 목줄에 비해 훨씬 편해 보였다.

하네스를 하고 긴 리드줄을 한 첸은 더없이 즐거워 보였다. 햇볕은 따사로웠고 바람이 솔솔 불어와 첸의 귀가 바람에 펄럭펄럭거렸다. 날씨가 좋아서인지 여기저기 반려견을 데리고 온 사람들이 많았다. 첸은 다른 강아지들을 보면 많이 흥분했기 때문에 일부러 한적한 곳으로 데려가 산책을 했다. 그러던 중에 첸이 아주 멀리서 오는 강아지를 보고 마구 버둥거리기 시작했다. 나는 당황해서 줄을 반대로 잡아끌며 첸을 불렀는데 그 순간 첸이 몸을 웅크려 하네스를 벗어버렸다.

"첸!"

첸은 뒤도 돌아보지 않고 앞으로 돌진했고 당황한 우리는 첸을 부르며 황급히 뒤쫓아갔다. 첸은 앞으로 갔다가 다시

---

* 리드줄: 목줄에 연결하는 긴 끈.
* 하네스: 목이 아닌 가슴에 채우는 줄.

안돼!

뒤돌아서 나에게 뛰어왔다가 우리 사이를 교묘히 빗겨나
갔다. 마치 몸이 느린 사자들 사이를 요리조리 약 올리듯
지나가는 한 마리의 얼룩말 같았다. 그런 첸을 잡을 수 있
었던 것은 앞에서 걸어오던 부부 덕분이었다. 첸은 그 부
부가 처음부터 주인이었던 양 온갖 애교를 부리며 드러누
웠고, '죄송한데 강아지 좀 잡아 주세요!'라는 식이의 다급
한 외침과 함께 아저씨의 손에 체포되었다. 심장이 철렁하
는 순간이었다. 첸을 데리고 차로 돌아가는 길에 나는 첸
의 엉덩이를 몇 번이고 때렸다. 너무 화가 나고 속상했다.

챈은 그 후에도 여러 번 목줄을 풀고 탈출을 시도했고 그 때마다 다른 사람들의 도움을 얻어 챈을 붙잡았다. 아무리 불러도 돌아보지 않는 챈이 미워지기도 했지만 어떻게 하면 챈의 마음을 돌릴 수 있는지 그 방법을 알고 싶었다. 집에서 하는 반려동물 교육을 찾아보기 시작한 것도 이맘때쯤이었다.

네컷 일기

쫄보

천은

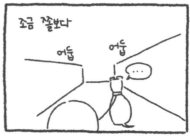

조금 쫄보다

아마도

주인을 닮았나보다

알아가는 중입니다

'연애를 글로 배웠어요'라는 말이 있다. 실전 경험은 없으면서 책이나 인터넷에 떠도는 글로 연애를 배워 놓고 연애 박사인 척하는 모습을 뜻하는 말이다. 무엇이든 경험이 중요하고 부딪쳐보는 것이 좋은 방법이지만, 처음 겪는 일에서 자신감 있게 맞서기란 참 어렵다. 첸의 여러 가지 문제 행동들 앞에서 나 또한 처음이라서 어떻게 대처해야 할지 막막하게만 느껴졌다. 책을 사다가 좀 볼까, 아니면 인터넷을 좀 찾아볼까, 떠도는 글을 통해서라도 알아보고 싶은 심정이었다. 주변에 강아지를 오래 키웠던 친구들이나 지인들에게 이런 사정을 이야기했지만 돌아오는 대답이 썩 명쾌하지는 않았다. 내가 더 단호하게 혼을 내서 울지 못하게 만들어주어야 한다는 조언과 함께 첸이 좀 별난 것 같다는 이야기를 들었다.

이래저래 답답한 와중에 우연히 '세상에 나쁜 개는 없다(세나개)'를 보게 되었다. 그날 문제견으로 나온 아프간하운드는 여러 부분에서 첸과 닮아 있었다. 아프간하운드다 보니, 첸보다는 몸집이 적어도 다섯 배는 더 커 보였는데 하는 짓은 너무나 똑같았다. 주인이 집을 비우자 긴 다리로 대형견용 울타리를 훌쩍 넘어 현관 앞에서 쪼그리고 앉아 힘겹게 울어댔다. 그 녀석의 목에서 쇳소리 같은 것이 흘러나왔는데 주변의 민원 때문에 어쩔 수 없이 성대 제거를 선택했다고 주인이 인터뷰에서 이야기했다. 그래서인지 짖는 것도 흐느끼는 것도 아닌 그 목소리가 더욱 안쓰럽게 들렸다.

일명 '개통령' 강형욱 훈련사가 내린 처방은 분리불안을 극

복할 수 있는 훈련이었다. 보호자가 옷을 입거나 모자를 쓰면 외출한다는 것을 알기 때문에 반려견들은 불안함을 느끼기 시작한다. 이런 행동을 역으로 이용해 반려견이 스스로 행동을 조절할 수 있도록 만든다.

첫 번째, 보호자가 외출 시에 하는 행동을 한다. 가방을 들고 가는 사람이면 가방, 외투를 입는 사람이면 외투를 입고 나선다.
두 번째, 현관문에 서서 강아지에게 나갔다 오겠다는 손 인사를 하고 집을 나간다.
세 번째, 밖에서 5초 만 세고 다시 들어온다.
이렇게 반복하며 밖에 있는 시간을 10초, 20초 늘려 가니 정말 신기하게도 보호자가 곧 다시 돌아올 것이란 걸 이해했다는 듯이 반려견이 자기 자리에 편안히 누워 기다렸다.

방송이 끝나자마자 나는 첸을 데리고 바로 훈련에 돌입했다. 내가 겉옷을 들고 자리에서 일어나자 첸은 이미 울고불고 난리가 났다. 현관문을 열고 나간 뒤 문을 닫고 숫자를 세려는데 이미 1초도 안 돼서 첸이 자지러졌다. 주변의 민원이 무서워 나는 금세 포기해버렸다. 첫 시도는 이렇게 끝이 나버렸지만 적어도 한 가지는 확신하게 되었다. 내가 소리치지 않아도 훈련할 수 있는 교육 방법이 많이 있다는 것을.

외출하는 나를 보며 울어 대는 첸에게 나는 답답한 마음에
때때로 짜증을 내기도 했고 난장판을 만들어 놓은 방바닥
을 신경질적으로 치우기도 했다. 어쨌거나 그 모든 문제에
나의 행동이 영향을 주고 있었음을 알고 이해해야 하는데,
나도 모르게 첸을 사람처럼 바라보고 화를 냈다. 내 마음
을 그렇게 찰떡처럼 알아들었다면 그게 강아지일까. 그 후
에 나는 반려견 훈련을 위한 몇 권의 책을 샀고 '세나개'를
더욱 열심히 보았다. 그렇게 첸을, 반려견과 함께 살아가
는 것을 조금씩 알아가기 시작했다.

반려인의 한마디

예전에 일요일 아침이면 가족끼리 모여 앉아 아침밥을 먹으면서 동물 농장을 보곤 했습니다. 사납게 짖어대던 동물들이 마법처럼 온순해지고 말을 듣는 모습을 보며 무척 신기해했던 기억이 있어요. 예전에는 행동 교정을 위해서 초크체인이라든지 큰 소리가 나는 물건이나 레몬수를 이용해서 반려동물이 잘못된 행동을 하지 못하도록 자극을 주는 교육법이 지배적이었습니다. 하지만 최근 들어 강아지의 행동에서 원인을 발견하여 그 행동을 유발시키지 않도록 환경을 바꿔주고 간식을 사용하여 바른 행동을 유도하는 등의 교육이 등장했습니다.

이 교육법을 실천하는 대표적인 분이 강형욱 훈련사님입니다. 저도 EBS에서 하는 '세상에 나쁜 개는 없다'를 즐겨 보았기 때문에 강 훈련사님의 훈련 방법을 지지하는 편입니다. 그래서 첸을 무턱대고 혼내기보다는 내가 혹시 잘못 대하고 있던 부분들이 있지 않을까 고민하며 교육시키고 있어요. 하지만 이러한 교육도 반려견의 행동과 상황이 너무 다양하기 때문에 전문가가 아니면 쉽게 판단하기 어렵고, 행동 교정에 시간이 오래 걸리는 단점이 있다고 해요. 반려견에게 맞는 교육법을 충분히 알아보고, 꼭 필요한 경우 전문가에게 문의하셔서 매너 있는 반려견으로 거듭나게 합시다.

네컷 일기

\# 별명

친구가 지어준 첸의 별명

오리

닭발

백숙이

핏줄보임

귀엽지 않지만 맞는 말

강제 미니멀 라이프

결혼하면서 우리는 집을 서로의 로망을 채워줄 수 있는 공간으로 꾸미기로 했는데 식이의 로망은 거실에 6인용 식탁을 놓는 것이었다. 그 로망대로 우리 집에는 거실 한가운데에 떡하니 6인용 식탁과 의자 6개가 있다. 하루는 집으로 돌아왔는데 첸이 식이가 아끼는 식탁 의자의 귀퉁이를 깨문 흔적을 발견했다. 하지 말아야 할 텐데, 생각은 했지만 일단 더 지켜보기로 했다. 그러자 첸은 하루하루 게임하듯이 의자들을 '정복'해갔다. 하나씩 하나씩 귀퉁이가 뜯기기 시작했고, 드디어 그날이 와버렸다. 현관문을 열고 들어선 식이와 나는 정말 깜짝 놀라고 말았다. 의자 가죽을 뜯다 못해 안에 있는 의자 솜을 다 헤집어놓아서 거실을 하얀 솜 밭으로 만든 것이다. 첸은 우리가 집에 와서 무척 반갑다며 꼬리를 흔들며 뛰어왔는데 우리는 허탈함에 말을 잇지 못했다. 그렇게 식탁 의자는 떠났다.

한 살배기 첸은 온 세상이 호기심 천국이라 궁금한 것투성이에 에너지도 넘친다. 가만히 있다가도 혼자 개껌을 물고 던지며 개껌 축구를 하기도 하고 페트병을 물고 가서 와드득와드득 뚜껑을 열기도 한다. 이상한 것을 물어뜯거나 하면 그 자리에서 바로 빼앗아버리고 다른 장난감으로 유인하면 되는데 첸이 집에 혼자 있는 시간이 많다 보니 내가 보지 않고 있다가 일이 터지는 경우가 훨씬 많았다. 가끔 설치해두었던 핸드폰 CCTV를 보면 첸은 우리가 없을 때 대부분 잠을 잤다. 계속 누워 있다가 저녁 시간이 되어도 우리가 돌아오지 않으면 그때부터는 심심하고 배도 고파서 인지 다른 물건에 관심을 돌렸다.

의자, 식탁, 슬리퍼, 리모컨, 충전기, 가방, 신발 끈, 감자
박스 등 첸은 다양한 물건을 물어뜯었고 우리는 청소하는
데에 이골이 났다. 그렇게 우리 집은 강제로 미니멀 라이
프를 시작하게 되었다. 거실에는 최소한의 물건만, 그리고
새로운 물건은 되도록 사지 않고 사더라도 저렴한 것으로
사게 되었다. (어차피 부숴질 거….)

중성화

●
여
섯
번
째
이
야
기

하
하
더
쪽
나
라라

말썽쟁이 첸이 집을 초토화 해놓는 날이면 나는 속상한 마음으로 인터넷에 검색을 했다.

'강아지 얌전해지는 방법'

이런 식으로 검색을 해보면 나오는 해결책 중에 하나가 '중성화 수술'이었다. 대체적으로 에너지가 넘치는 수컷 강아지들은 중성화를 하고 나면 수컷의 본능이 사라져 얌전해진다는 것이 여러 사람의 의견이었다. 첸은 입양할 당시에 중성화를 하지 않은 강아지였는데 아마도 그땐 너무 어려서(당시 5개월) 중성화를 하지 않고 우리 집으로 오게 된 것 같았다.

키우는 입장에서는 무척 난감한 순간들이 많았다. 태어난 지 1년도 되지 않은 망아지 같은 첸은 암컷 강아지를 만나면 주인이라는 존재는 까맣게 지우고 앞으로 달려나가기 바빴고 우리가 출근하며 집을 비우면 그곳은 이미 첸의 놀이터가 되어 오줌 밭, 똥 밭, 쓰레기 밭이 되어 있었다. 중성화가 되어 있지 않다 보니 애견 카페에 가는 것도 자유롭지 못했는데 중성화를 하고 나면 애견 카페라든지 애견 운동장에도 맘 편히 데려갈 수 있으리라. 어차피 교배를 하지 않을 것이라면 중성화를 하는 게 낫겠다는 생각이 들었다.

중성화를 하겠다고 이야기를 하니 주변에서는 강아지가 예쁜데 그냥 중성화를 해버리면 아깝지 않냐고 했다. 나도 그런 생각이 들지 않았던 것은 아니었다. 특이한 무늬에 하얗고 땡그란 눈. 예쁜 외모이기도 했고, 한편으로는 집에서 사람과 함께 살아야 하는 운명으로 태어나는 바람에 수컷 강아지로서의 삶을 제대로 누려 보지 못하게 되는 것 같아 안쓰럽기도 했다. 그저 나의 상상뿐일 수도 있지만, 불쌍한 마음에 경험(?)을 시켜주고 중성화를 할까 고민해 보았는데 한 번이라도 교미를 경험한 강아지는 더 욕구를 참기 어렵다는 말을 듣고서 그 마음을 접었다.

중성화하는 날, 아침부터 첸을 데리고 병원으로 향했다. 아침에 맡기면 마취를 하고 수술을 받고 마취가 깨는 동안 시간이 좀 걸려 오후에 데려갈 수 있다고 했다. 아무것도 모르는 첸은 땡그란 눈을 끔뻑끔뻑 대며 간호사 언니에게 안겨 수술실로 들어갔다. 첸이 혹시 마취에서 깨어나지 못하면 어떡하나, 수술이 잘못돼서 많이 아프면 어떡하나 걱정이 되었다. 오후쯤 기다리던 전화가 왔다. 그날 시대 식구들 집들이 때문에 나는 집에서 첸을 맞이할 준비를 해놓고 식이가 첸을 데리러 병원으로 향했다.

집으로 돌아온 첸은 마취가 덜 풀려 온몸에 힘이 없었다. 첸은 정신이 없는 와중에도 바닥에 내려놓으면 자꾸만 내 무릎에 오려고 낑낑 울었다. 그 모습을 보니 발랄하던 첸의 모습이 온데간데없어 더 마음이 아렸다. 식욕이 떨어졌

는지 좋아하는 밥을 근처에 둬도 도무지 먹지를 않았다.
사람들이 소란스럽게 떠드는 동안 나는 잠시 첸 옆에 가
만히 앉아 있었다. 사람이랑 함께 살기 위해 꼭 해야만 하
는 통과 의례 같은 중성화 수술. 무슨 일을 당하는지도 모
른 채 수술대 위에 올랐을 녀석을 생각하니 가슴이 먹먹했
다. 아팠던 만큼 내가 더 잘 돌봐주어야지, 그렇게 마음먹
었다.

중성화를 하고 난 뒤에는 한 3일 정도 힘없이 누워 있는다
고 들었는데 역시 에너자이저 첸은 다음 날 벌떡 일어나
온 집을 헤집고 다녔다. 목이 어찌나 긴지 깔때기는 아무
소용이 없고 자꾸만 상처 부위를 핥아 대는 탓에 곤욕을
치렀다. 중성화 후에도 첸은 여전히 말썽꾸러기였고 얌전

과는 거리가 멀었다. 하지만 건강하게 뛰어다니는 모습을
보니 고맙고 또 사랑스러웠다.

강아지마다 다른 중성화 수술 후기

반려인의 한마디

중성화를 빨리 해야겠다고 결심한 가장 큰 이유는 '조금 얌전해지지 않을까'였어요. 하지만 보란 듯이 하루 만에 회복한 첸은 똑같이 뛰어다니고 똑같이 물건을 파괴했습니다. 중성화 이후에 가장 달라진 것은 식탐이었어요. 중성화를 하면 부작용으로 호르몬 변화 때문에 '비만'이 올 수 있다는 것이었습니다. 신기하게도 중성화를 마친 뒤에는 식탐이 강해져서 자율 급식을 할 수 없는 지경이 되었습니다. 자율 급식을 하려고 하면 순식간에 다 먹어 치우는 바람에 금세 살이 붙어나고 말았습니다. 중성화 수술 뒤에는 꼭 사료량을 조절해 반려견의 건강이 나빠지지 않게 신경 써주세요!

중성화 수술 토막 상식

1 **수술 시기** | 반려견의 중성화 수술은 예방접종을 모두 마친 후인 생후 5~6개월 사이에 하는 것이 일반적입니다. 하지만 반려견마다 또는 성별에 따라 적기가 다를 수 있으니, 꼭 수의사 선생님과 상담한 뒤에 결정하세요!

2 **수술 비용** | 중성화 수술 비용은 평균적으로 수컷 강아지는 10~20만 원 사이이고, 암컷 강아지는 30~40만 원 사이입니다.
병원마다 수술 비용이 다를 수 있으므로 여러 곳을 알아보는 것을 추천합니다.

3 **장단점** | 장점: 생식기질환을 예방할 수 있고, 성적 욕구로 인한 스트레스가 줄어듭니다.
단점: 호르몬 변화로 비만이 되기 쉽기 때문에 반려인은 관심을 갖고 반려견의 식사량을 잘 조절해주어야 합니다.

치킨의 추억

우리는 첸에게 사람이 먹는 음식을 절대 주지 않는다. 사람 음식을 반려동물이 먹으면 염분 때문에 몸이 뚱뚱하게 변하고 각종 병도 생긴다는 이야기를 워낙 많이 들었기 때문이다. 그래서 간혹 누군가 먹다 남은 족발이나 국을 끓

인 뒤 나오는 멸치를 주려고 해도 난리 난리를 치며 안 된다고 말린다. 사람 음식은 철통 보안하며 막고 있는데 이런 나도 막지 못했던 음식이 하나 있었다.

결혼하고 몇 달 뒤쯤 신혼집에 회사 동료들을 불러 집들이를 하는 날이었다. 난생처음 많은 사람을 초대하는 집들이라서 왠지 긴장되었다. 음식도 입에 맞는 것으로 준비해야 하는데, 집도 처음 봤을 때 '오~ 역시 디자이너'라고 생각되게끔 세련된 인상을 주어야 하는데, 강아지를 무서워하는 직원이 몇몇 있는데 첸이 말썽을 부리면 어떡하지! 별의별 걱정이 다 들면서도 신이 나서는 전날 밤에 쉽게 잠이 오지 않았다. 그날은 일부러 반차까지 내고 미리 집으로 와서 모델하우스처럼 집을 치워두고 음료와 술, 식재료를 잔뜩 사들고 왔다.

7시 반이 넘어가자 사람들이 우르르 몰려오기 시작했고 본격적인 파티가 시작되었다. 와인을 시작으로 맥주, 소주 등 술판이 벌어졌다. 술 취한 사람, 술 달라고 하는 사람, 첸이 귀엽다고 머리를 쓰다듬어주는 사람, 안주를 다시 채워주는 우리. 음식을 꽤 많이 준비했다고 생각했는데 금세 동이 나버렸다. 식이는 '치킨 시킬까요?'라고 이야기했고 술이 취해 신이 난 직원이 콜을 외쳤다. 그러나 치킨이

오기 전에 이미 사람들은 거의 취해버렸고 우리 둘도 마찬가지였다. 치킨을 어떻게 받아서 어떻게 먹어 없앴는지 기억도 나지 않을 만큼 취한 사람들은 하나둘 집으로 향했고 우리도 침대로 곧장 다이빙을 했다.

눈을 떠보니 침대 위에 나와 식이 그리고 첸이 있었다. 아마 어젯밤에 울타리를 열어주고 방으로 들어와 쓰러지듯 잠이 들었던 것 같다. 첸은 다리를 쭉 뻗고 새근새근 잠을 자고 있었는데 그 모습이 또 사랑스러워서 엄마 미소를 지으며 바라보았다. 그런데 손에 이상한 것이 부딪쳤다. 딱딱하고 기름진 것. 그것은 닭 뼈였다. 나는 너무 깜짝 놀라서 '으아아악' 하고 있는 힘껏 소리를 질렀고 그 때문에 식이도 잠에서 깼다.

닭 뼈와 강아지의 관계를 처음 알게 된 것은 어릴 적 보았던 어떤 드라마에서였는데 주인공이 키우던 강아지가 전날 베란다에 두었던 닭 뼈를 하나 삼키고는 다음 날 아침 죽어버렸다. 닭 뼈가 강아지의 목에 걸려서 기도가 막혀 사망한 것이다. 닭 뼈만 생각하면 그 장면이 먼저 떠올랐다. 나는 소리를 지르며 첸을 이리저리 흔들고 강제로 입을 벌려 보았지만 다행히 몸에는 문제가 없어 보였다.

밖으로 뛰어나가니 우리가 어제 술에 취해서 대충 치우고 잔다고 했던 게 닭 뼈를 제대로 치우지 않아 거실 식탁에 그대로 방치되었던 것이다. 그나마 다행인 것은 살코기가 붙어 있던 거의 손을 대지 않았던 한 마리는 싱크대 위쪽에 놓아두어서 첸의 습격을 피할 수 있었다.

나중에 안 사실이지만 익힌 닭 뼈는 부러졌을 경우 매우 날카로워서 그대로 먹게 되면 장기가 손상될 수도 있다고 한다. 하마터면 첸을 하늘나라로 보낼 뻔한 아찔한 순간이 었다.

강아지와 음식

 강아지가 먹으면 안 되는 음식들

반려견을 키우면 밥을 먹을 때마다 부담스러운 초롱초롱한 눈빛을 가득 받게 됩니다. 아무리 반려견이 예뻐도 사람이 먹는 음식은 절대 먹이면 안 되죠. 그래도 새로운 음식을 먹을 때 코를 씰룩대며 냄새를 맡거나 맛있는 간식을 꼬리를 붕붕 흔들며 먹는 모습을 보면, 즐거워서 뭔가 주고 싶어집니다.

하지만 절대 먹이면 안 되는 것들이 있습니다. 강아지에게 치명적인 음식들은 꼭 기억해 두세요!

1 뼈다귀
닭 뼈나 생선 뼈는 무척 날카로워 소화기관에 상처를 남기기도 하니 절대 주어서는 안 됩니다. 특히 집에서 치킨을 먹고 나면 주변을 얼른 치워 강아지가 접근하지 못하도록 해주세요!

2 우유
강아지에게는 우유에 든 유당(락토스)을 분해하는 효소가 없어 우유나 유제품을 먹게 되면, 설사를 할 수 있어요. 우유를 먹일 때는 꼭 락토 프리인 반려동물 전용 우유를 주세요.

3 복숭아씨, 자두씨
복숭아와 자두는 씨가 커서 강아지가 통째로 삼킬 경우 기도를 막을 수 있습니다. 또한 닭 뼈처럼 날카로워서 삼켰을 경우 장기가 다칠 수 있어요.

4 아보카도
아보카도에 든 펄신 성분은 강아지에게 소화불량이나 구토, 설사를 유발할 수 있습니다. 또 복숭아나 자두처럼 씨가 커서 기도를 막거나 장폐색을 일으킬 수 있습니다.

5 포도, 건포도

포도는 강아지의 혈당을 높여 신부전증을 일으키며 심한 경우 죽음에 이르게 합니다. 절대 주어서는 안 됩니다.

6 양파

양파는 강아지의 적혈구를 파괴하여 빈혈을 일으킵니다. 강아지에게는 무척 치명적인 음식으로 익힌 양파도 주어서는 안 됩니다.

7 오징어, 새우, 조개 등의 어패류

소화불량이나 구토를 유발할 수 있어요. 또한 오징어는 체내에서 불어나기 때문에 장폐색의 원인이 될 수 있으니 각별히 주의해주세요.

8 초콜릿

초콜릿에 든 카페인과 테오브로민 성분은 강아지에게 구토와 설사를 유발하며 심장이나 신경 계통에 치명적이라고 합니다. 심한 경우 죽음에 이르게 하니 절대 주어서는 안 됩니다!

애견 운동장

역시 어린 강아지라 그런지, 쳰은 중성화 수술을 한 뒤 빠른 회복력을 보여주었다. 언제 그랬냐는 듯이 혼자서 개껌 축구를 하며 놀았고, 외출하고 돌아오면 나를 위한 선물(?)을 온 바닥에 널브러뜨려 놓았다. 드디어 우리는 개 집

사로서의 첫 번째 버킷리스트를 실천하기로 했다.

주변에 애견 카페가 많았지만 중성화를 하지 않으면 입장이 불가하거나 하더라도 문제가 많이 있어서 첸이 답답해 할 것을 알면서도(뛰어놀 공간이 별로 없어서) 카페에 데려가지 못했다. 하지만 이제는 제약 없이 자유롭게 움직일 수 있기 때문에 우리는 첸과 애견 카페에 가보기로 했다. 이리저리 갈 만한 곳을 찾다 보니 야외 잔디밭이 있는 애견 운동장을 발견하게 되었다. 요즘은 반려견을 키우는 사람이 워낙 많아 곳곳에 애견 운동장이 생기는 추세인 듯했다.

애견 운동장은 어느 정도 넓은 부지가 필요하기 때문에 주로 도시의 외곽에 있는 편이다. 우리는 차가 밀릴 것을 예상하고 오픈 시간 11시에 맞춰서 들어가기 위해 아침부터 서둘러 출발했다. 1시간 남짓 걸려 도착한 운동장은 예상과 달리 아무도 없었고 의외로 시설이라고 할 만한 것이 없어 당황스러웠다. 야외에 있는 벤치에 자리를 잡고 첸을 풀어놓자 첸은 운동장에 상주하고 있는 작은 강아지들을 쫓아다니며 킁킁 냄새를 맡기 시작했다. 하지만 작은 강아지들은 그런 첸이 무서웠는지 도망 다니기 바빴다. 마당 한편에 뭔가 큰 동물이 푹 퍼져 누워 있었는데 자세히 보

니 아프간하운드였다. 첸과 같은 하운드 계열 강아지라 어
딘지 닮은 구석이 있었다. 늘씬한 다리와 긴 코가 특히 닮
았다. 아프간하운드가 몸을 일으키니 첸은 깜짝 놀라 내
뒤로 와서 숨었다. 약자에겐 강하고 강자에겐 약한 우리
쫄보 첸이었다.

첸은 여름이라 한창 길게 자란 풀들 사이로 이리저리 뛰
어다녔다. 어느새 첸의 몸은 빨갛게 달아올라 있었고 털
이 긴 작은 강아지들도 풀밭에 지쳐 쓰러져 헥헥대고 있
었다. 주인아저씨는 애견 운동장의 한편에 있던 커다란
야외용 풀장에 강아지들을 풀장에 한 마리씩 집어 넣어주
었다.

우리도 따라서 첸을 조심스레 밀어 넣다가 다 같이 웃음이 터지고 말았다. 첸은 다리가 길다 보니 물이 겨우 몸통을 적실 정도여서 헤엄을 치기는커녕 나가고 싶다고 벽을 붙잡고 사람처럼 계속 서 있었다.

돌아오는 차 안에서 첸은 모처럼 기분 좋게 뻗어 있었다. 드르렁 코를 골기도 하고 다리를 휙휙 저으며 잠꼬대를 하기도 했다. 첸은 지금 무슨 꿈을 꾸고 있을까. 또 그곳에서 열심히 친구들과 함께 뛰어놀고 있을까, 나는 첸을 바라보며 '다음에 또 데려갈게' 하고 다짐했다.

강아지와 근교 나들이

반려견과 산책을 가면 늘 목줄을 사용하는데 가끔은 첸을 마음껏 뛰어 놀 수 있도록 풀어주고 싶다는 생각을 합니다. 이럴 때에 이용할 수 있는 시설이 있습니다. 애견 운동장이라고 부르는 이곳은 애견 카페와 달리 넓은 잔디밭이 있는 것이 특징입니다. 울타리가 있기 때문에 그 안에서 반려견들이 자유롭게 뛰어놀고 야외에서 배변 활동도 할 수 있는 공간이에요. 넓은 공간이 필요하기 때문에 보통은 도심에서 벗어난 위치에 있는 경우가 많아요.

❶ **제이네 운동장** | 과천시 과천동 40-1 | 010-6720-0988
❷ **다독다독** | 성남시 분당구 하오개로 242 | 031-8017-7474
❸ **컨츄리독 힐링파크** | 용인시 처인구 모현읍 월촌로 76-1 |
   031-333-2633
❹ **도그맥스** | 남양주시 와부읍 석실로율석길 108-13 | 031-521-5311
❺ **땡큐로드** | 양주시 광적면 광적로188번길 3 | 031-855-4946
❻ **개들의 수다** | 김포시 고촌읍 은행영사정로51번길 42 |
   031-989-4518
❼ **인천개공원** | 인천 남동구 무네미로 201-15 | 032-461-6021
❽ **안성팜랜드 파라다이스독** | 안성시 공도읍 대신두길 28 |
   031-8053-7988
❾ **멍플스테이** | 강원 평창군 진부면 방아다리로 363-54 |
   010-8894-6006
❿ **에덴도그파크** | 충남 아산시 도고면 와산리 89-2 | 041-544-8750
⓫ **라포레 애견캠핑장** | 충남 아산시 음봉면 음봉면로 85 |
   010-4642-6150
⓬ **담양애견운동장 for dog** | 전남 담양군 월산면 담장로 515-19 |
   061-381-9907
⓭ **컨츄리멍멍** | 광주 광산구 송대길 28-1 | 010-4040-4921
⓮ **눈보뛰** | 광주 광산구 대산로 22 | 062-941-5880
⓯ **개들랜드** | 부산 기장군 장안읍 고무로 4 | 051-727-8256
⓰ **루즈독** | 부산 기장군 장안읍 방모산2길 33 | 010-9889-2625
⓱ **놀러오시개** | 부산 강서구 대저2동 5240 | 010-2393-8762
⓲ **차우랜드** | 부산 기장군 정관읍 병산로 2 | 051-728-5823
⓳ **아웃독** | 경남 진주시 내동면 내축로563번길 37 | 055-756-0742

좋아하는 부분

아
홉
번
째
이
야
기

하
나
만
좋
아
하
기

너의 눈 코 입

날 만지던 네 손길

작은 손톱까지 다

- 태양 '눈, 코, 입' 중에서

첸은 털이 없고 바짝 마른 몸매라서 일반적으로 사람들이 선호하는 강아지는 아니다. 사람들이 선호하는 강아지는 애견숍에서 많이 볼 수 있는데, 최근 가장 인기 있는 견종은 포메라니안이다. 언젠가 인터넷에서 곰돌이 컷을 한 포메라니안이 큰 인기를 끌었던 적이 있었다. 나도 그때 인형들 사이에서 고개를 갸우뚱하고 있는 복슬복슬한 포메라니안 사진을 보며 '심쿵' 했던 기억이 있다.

첸은 복실복실하고 귀여운 강아지를 좋아하는 사람들이 보면 첫인상은 좀 비호감이다. 귀엽게 느껴지기보다 좀 무섭다고 해야 할까? '앙앙'거리면서 폴짝폴짝 뛰어오는 강아지들을 보면 절로 안아주고 싶어지는데 우리 강아지는 어쩐지 뛰어오면 고라니 같아서 그 외모에 익숙하지 않은 사람들은 도망가고 싶어 한다. 하지만 첸을 한번 만나고 나면 이야기는 달라진다.

첸에게는 직접 보지 않으면 믿기 힘든 특이한 매력 포인트가 많다. 가장 먼저 빠지는 포인트는 눈이다. 사슴같이 까맣고 큰 눈은 금방이라도 눈물을 뚝뚝 흘릴 듯 깊고 순수해 보인다. 오죽하면 훈련소 소장님도 첸의 얼굴을 보고 있으면 혼을 내지 못하겠다고 하소연을 하셨다.

두 번째 포인트는 피부다. 강아지 털은 고양이와 달리 조금 억세고 거친데 첸은 털이 많이 없어 몸을 만져보면 마치 사람 피부 같은 느낌이 난다. 특히 가슴 부분은 실핏줄이 보일 정도로 털이 없다. 언젠가 첸이 누워 있는 모습을 친구에게 보여줬더니 '백숙' 같다는 이야기를 해주었다. 털이 짧아서 첸의 따뜻한 체온이 더 잘 느껴지기 때문에 나는 종종 억지로 첸의 가슴에 얼굴을 묻곤 한다.

세 번째 포인트는 귀다. 이탈리안 그레이하운드는 귀가 굉장히 특이하다. 강아지마다 조금씩 다르긴 하지만 원래 이탈리안 그레이하운드의 귀는 뒤로 젖혀져 있는 게 일반적이라고 한다. 일명 귀 언어라고 해서 이탈리안 그레이하운드의 귀 모양을 보고 해석해놓은 자료도 있다. 첸은 귀가 좀 큰 것인지 힘이 덜 들어가는 것인지 귀 끝이 나풀나풀한다. 뒤로 젖혀지지 않고 한쪽으로 몰리거나 삼각형이 되는데 무척 귀엽다. 특히 산책을 하면 귀가 나풀거려서 기분 좋은 것이 뒤에서 보면 티가 난다.

나는 잘 때의 첸을 좋아한다. 첸이 너무 귀여워서 자는 첸을 이리 굴렸다가 저리 굴렸다가, 귀찮아하는 것도 알지만 발도 만졌다가 코도 깨물었다가 볼도 꼬집었다가 뽀뽀도 해줬다가 난리법석을 부린다. 그러면 그 모습을 가만히 지켜보던 식이가 도대체 어디가 그렇게 귀엽냐고 툴툴대곤 한다. 사실 내가 가장 좋아하는 첸의 '최애' 포인트는 바로 엉덩이다. 토실토실한 웰시코기의 엉덩이와는 또 다른 느낌인데 이탈리안 그레이하운드는 뒷다리 근육이 매우 발달해서 엉덩이부터 뒷다리까지 이어지는 그 부분이 무척 귀엽다. 특히 첸은 털이 짧고 하얘서 씰룩대는 모습을 보고 있으면 아기 엉덩이 같다. 내 새끼 예쁜 마음이야 어느 부모가 그렇지 않을까. 가슴으로 낳은 내 새끼. 첸의 모든 부분이 나에겐 매력 포인트다.

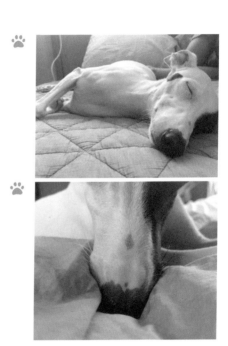

네컷 일기

첫인상

강아지를 만나면 보이는 반응

켄을 처음 만나면

보이는 반응

크..크네!

(우리 강아지도 귀엽다 해줘요!)

옆구리 센서

이제 막 육아를 시작한 엄마들이 곧잘 하는 말이 있다.

"우리 애, 등센서가 있어."

아이들에게만 있다는 제6의 감각. 아기의 등이 바닥에 닿으면 울거나 잠에서 깨는 데서 나온 말이다. 나는 예전에 어린 사촌 동생을 돌봐주면서 그 등센서를 경험했던 적이 있다. 사촌 동생을 놀아 주다가 동생이 졸기 시작하길래 바닥에 눕히려고 했더니 울고불고 난리가 났다. 등에 땀이 흐르고 팔이 저려 왔지만 결코 바닥에 등을 내어 주지 않아 결국 안은 채로 소파에 앉아서 지쳐 잠이 들었다. 나는 하루뿐이었지만 아기를 키우는 엄마들은 오죽할까. 이렇듯 등센서는 새내기 맘들을 눈물 콧물 쏟게 하는 괴로운 일이자, 듣기만 해도 고달팠던 육아의 기억이 떠오르는 애증의 단어가 아닐까?

첸에게는 그것과는 조금 다른 귀여운 '센서'가 있다. 이름하여 '옆구리 센서'. 옆구리 센서란 누워 있는 사람의 옆구리가 몸에서 떨어지면 바로 눈치를 채고 다시 몸을 붙이는 것을 말한다. 첸의 옆구리 센서는 아기의 등센서처럼 눈치가 빠른 게 비슷하다. 첸은 사람을 무척 좋아하는데 사람 중에서도 특히 새로 온 사람, 또 특히 누워 있는 사람을 좋아한다. 그래서 누워 있는 손님이 있으면 아주 좋아한다. 곁에 있는 주인은 거들떠보지도 않고 주야장천 손님 곁에 머무른다.

하루는 집에 엄마가 오셨다. 엄마가 침대에 눕자마자 역시나 첸이 우다다 뛰어가서 옆구리에 찰싹 붙었다. 첸은 옆구리를 붙일 때에도 그냥 붙이지 않는다. 온 힘을 다해서 최대한 많은 면적을 밀착하기 위해 애를 쓴다. 그래서 몸을 동그랗게 말아서 옆구리에 붙일 때면 '끄응' 하는 소리가 난다. 그렇게 자리를 잡고 나면 '휴우' 하고 안도의 한숨을 내쉰다. 무척 사람 같다. 엄마는 귀찮다며 자리를 이동해 보지만 첸은 벌떡 일어나 또다시 엄마의 옆구리를 차지한다.

"아유, 야~ 너 왜 그러고 있어~~ 더운데!"

엄마는 첸에게 덥다며 핀잔을 주지만 첸은 아랑곳하지 않고 엄마의 배에 터억 하고 턱을 괸다. 그 모습에 엄마는 어이없다는 듯이 허허 웃다가 이내 첸을 안고 계신다.

첸의 그런 모습이 귀여워서 나는 종종 첸을 놀리곤 한다. 침대에 누워 있으면 첸이 자연스럽게 우다다 침대로 뛰어오는데 끄응 소리를 내며 내 옆구리에 찰싹 붙으면 나는 조심스럽게 몸을 굴려 멀찍이 떨어진다. 그러면 첸은 어리둥절해하며 다시 몸을 나에게 밀착시킨다. 그리고 나는 또 데구루루 굴러서 이동하고 첸은 또 나를 따라온다. 그런

챈이 귀여워서 나는 한바탕 웃음이 터지고 만다. 나의 귀
여운 껍딱지는 그래도 늘 내 곁에서 옆구리를 붙이고 잠이
든다.

하루 일과

나는 유난히 계획하기를 좋아하는 꼬마였다. 언제부터 시작되었는지는 기억이 나지 않지만 어렸을 때 동그랗게 하루 일과표를 그려본 사람들이라면 공감할 것이다. 계획대로 흘러가지 않을 것을 알면서도 나는 1시간 단위로 무엇을 하며 놀지 계획을 세우곤 했다. 9시부터 7시까지는 '잠자기'라고 표시해서 그걸 지키고자 이불을 푹 뒤집어쓰고 억지로 잠을 청하기도 했다.

세 살 버릇 여든까지 간다고 나의 계획병은 대학생이 되어서도 이어졌다가 불규칙적인 삶을 살 수밖에 없는 직업을 선택하고 나서야 비로소 사라졌다. 쉴 수 있을 때 쉬고 먹을 수 있을 때 먹게 된 것이 나에게는 엄청나게 큰 변화였다. 간혹 주말에 아무것도 하지 않고 누워 있다가 하루를 통째로 보내버리고 나면 약간의 죄책감과 날아가버린 시간이 아까워 울적해질 때가 있었지만 그래도 대부분은 좋았다. 그러나 자유도 잠시, 나는 첸을 키우며 또다시 계획대로 삶을 사는 사람으로 돌아오게 되었다.

하루는 회사 동료가 나에게 이렇게 물었다.
"회사도 다니고, 집안 살림도 하고 강아지도 돌봐야 하는데 정말 부지런하시네요."
나는 웃으면서 말했다.
"부지런하지 않으면 집이 개판이 되어요."

사실이었다. 하루가 멀다 하고 첸은 거실을 똥 밭, 휴지 밭으로 만드는데 내가 하루라도 지쳐 청소를 하지 않으면

집은 순식간에 쓰레기 창고가 되어버린다. 어디서 가져왔는지 모를 신발 끈에 옷 방에서 주워서 가지고 나온 양말 한쪽, 화장실 슬리퍼 등등. 다양한 물건들이 거실에 등장한다.

이런 일들을 겪지 않기 위해서 내 생활은 무척이나 단조롭고 계획적이게 되었다. 아침에 일어나서 첸 밥을 주고 나서 같이 짧은 산책을 한다. 그러고 나면 벌써 7시. 나는 밥을 먹을 시간이 없기 때문에 아침으로 먹을 만한 것을 대충 가방에 쑤셔 넣고 씻고 화장하고 부랴부랴 회사로 출근한다. 집으로 돌아오면 거의 8시. 청소기를 돌리고 바닥을 닦고 쓰레기를 버린다. 난장판이 된 집을 다시 깨끗하게 만드느라 한 시간이 걸린다. 그러면 또 늦은 저녁을 먹고 짧은 내 시간을 보내고 나면 곧 잠자리에 들 시간이 다가온다.

누군가는 하루가 쳇바퀴처럼 돌아간다고 생각할지도 모른다. 약속도 여가 활동이란 1도 없는 내 하루 일과가 무척 지루하게 보일지 모르겠지만 정말 다행인 것은 내가 이런 삶에 어느 정도는 익숙한 사람이라는 것이다. 나는 이 안에서도 나름대로 짬을 내어 내가 하고 싶은 것들을 틈틈이 하고 있기 때문에 이런 생활 패턴을 지루해하지 않고 그럭저럭 견디는 것 같다.

문제는 아침이다. 아침잠이 많은 것도 있지만 아침에 눈을 떴을 때 내 옆에서 새근새근 잠자고 있는 하얀 쳰을 바라보고 있으면 일어나야 하는데 생각을 하면서도 몸이 움직여지지 않을 때가 많다. 그래서 아침 산책을 놓치거나 심지어 유일하게 아침에 나가는 버스 두 대를 모두 놓쳐 택시를 타야 할 때도 많다. 이놈의 강아지 귀엽지나 말던가!(홍)

진드기의 추억

첸과 함께 하는 첫 여름. 우리 집이 산속에 있는 아파트라서 그런지 산책을 나갈 때면 날벌레들이 눈앞을 가리고 바닥에는 정체 모를 곤충들이 줄지어 길을 건너는 것을 볼수 있다. 나는 다리가 4개 이상 달린 딱딱하고 물렁한, 그

러니까 동물과 식물이 아닌 그 생명체들을 무척 무서워한
다. 크기는 중요하지 않다. 나는 눈에 보일 듯 말 듯한 개
미 한 마리도 기막히게 찾아냈기 때문에 여름 산책은 두려
움의 대상이었다. 그래도 그럭저럭 잘 견디고 있었다. 낮
에 혼자 산책을 시킬 때에는 길이 잘 나 있는 곳으로 가고
주말에 공원에 나갈 때에는 식이와 함께 가니 덜 무서웠
다. 그러다 뜨거운 햇볕이 최고조로 향하던 어느 여름날,
아주 무서운 경험을 하고 말았다.

그날은 저녁에 회사 사람들과 회식이 있었다. 즐거운 분위
기에 취해 비틀거리며 집으로 돌아왔다. 얼굴을 대충 씻고
어떻게 잠이 들었는지도 모를 정도로 순식간에 잠이 들었
고 다음 날 아침에 일어나 보니 옆에는 첸이 자고 있었다.
'귀여운 첸. 자는 모습도 어떻게 이렇게 사랑스럽지?' 생각
하며 자고 있는 첸의 얼굴을 쓰다듬어주었다. 첸은 나이가
들면서 달마티안처럼 점점 몸에 새로운 점이 생겼는데 그
날은 볼 쪽에 툭 튀어 나온 점이 하나 보였다. 점이 툭 튀
어 나와 있어서 '참 희한하네, 혹시 딱지 같은 건가?' 하며
떼어 내보려고 잡아당긴 순간, 나는 너무 놀라 뒤로 소리
를 꽥 지르고 말았다.

검은 점에 아주 작은 다리가 나타난 것이다. 알고 보니 그

것은 첸의 피를 빨아먹고 약간 통통해진 진드기였다. 첸이 털이 짧고 피부가 훤히 보이는 강아지라서 진드기에 대한 걱정을 너무 하지 않고 있었던 것이 화근이었다.

SNS에 첸이 진드기에 물렸다고 걱정이 된다는 글을 올렸더니 어느 분이 '프론트라인을 하셔야 해요'라고 댓글을 달아주었는데, 나는 도리어 '프론트라인이 뭐죠?'라고 되물었다. 검색해 보니 프론트라인은 진드기에 물려도 감염이 되지 않도록 예방해주는 약이었다. 무지한 반려인 때문에 위험한 고비를 넘긴 첸이었다. 그날 이후로 병원도 가고 프론트라인도 사 오고 진드기 기피제도 구매했다.

강 아 지 와   진 드 기

진드기 토막 상식

작은 거미류인 진드기는 사람이나 동물의 피부에 기생하며 피를 빨아 먹습니다. 강아지에게 붙은 진드기는 주로 귀나 발바닥, 사타구니 등에서 찾아볼 수 있어요. 강아지가 이유 없이 몸을 긁는다면 진드기를 의심해봐야 합니다. 진드기에 물리면 라임병*과 같은 심각한 질병이 발생할 수 있기 때문에 미리 예방하거나 발견 즉시 핀셋으로 제거해야 합니다.

* **라임병** | 진드기의 보렐리아균이 체내로 침투하여 뇌염, 심근염, 부정맥 등 여러 장기에 병을 일으키는 감염 질환.

진드기 예방법

1 외출 후 빗질
단모종이나 장모종이든 털 길이에 상관없이 강아지에게 빗질은 필수예요. 산책이나 외출 후에 빗질을 해주면 청결을 유지하기도 좋고 피부에 붙은 진드기도 미리 발견할 수 있습니다.

2 진드기 예방 목걸이
목걸이형 구제제로 바이엘사의 '세레스토'가 가장 유명합니다. 바르는 연고보다 효과가 오래 지속되어 덜 번거롭다는 장점이 있어요.

3 진드기 예방 연고제
등이나 뒷덜미에 바르는 액상 연고로 '프론트라인 플러스', '레볼루션' 등의 제품이 대표적으로 많이 쓰입니다. 강아지가 연고를 핥을 경우 부작용이 발생할 수 있어 주의해서 사용해야 합니다.

아프지 마

퇴근을 하고 집으로 돌아왔는데 바닥에 하얀색 거품이 있
었다. 본능적으로 좋지 않은 낌새를 느끼며 '이게 뭐지' 하
고 가까이 다가가 보니 아무래도 첸이 토를 한 모양이었
다. 하얀색 거품이 잔뜩 낀 물 같은 게 바닥에 쏟아져 있어

서 급히 인터넷에 검색했다. '강아지 토'라고 검색하자 '강아지 토 색깔'이라는 글이 나왔다. 읽어 보니 강아지 토는 신기하게도 색깔에 따라서 증상이 다르다고 했다. 노란색 토는 주로 공복에 발생하는 공복 토라고 한다. 하지만 노란 토를 했는데 강아지의 움직임이 둔하고 힘이 없으면 내부에 뭔가 문제가 있다는 의미이기 때문에 병원에 빨리 가 보아야 한다. 흰색에 거품이 있는 토는 공기가 들어갔을 때, 또는 기침으로 인해 나오는 토라고 한다. 분홍색 토는 한 번도 본 적은 없지만 피가 섞인 토라서 입 안이나 식도에 상처가 나 있는 경우가 있을 수 있으니 병원에 가야 한다. 지난번에 첸이 노란색 토를 했던 적이 있었는데 글을 보니 이해가 되었다.

하얀 토를 한 첸을 유심히 지켜보니 꼬리도 잘 흔들고 힘도 있어 보여 크게 문제가 되진 않을 것 같았는데 쿨럭쿨럭 기침을 했다.

'감기인가?'

첸의 몸을 만져보니 원래도 따뜻한 편이지만 이상하게 뜨겁다는 느낌을 받았다. 내가 집에 있을 때는 에어컨을 틀어주고 밖에 나갈 때는 끄고 나가니 집 안에 온도차가 심해서 그랬던 것일까, 아무래도 감기가 맞는 것 같았다. 나는 내일도 출근해야 하고 근처에는 동물병원이 없어서 데려가기가 어려운데 밤사이에 첸이 너무 열이 올라 아프면 어떡하나 걱정이 밀려왔다.

우선 급한 대로 집에 있던 물티슈를 뜯어 첸의 이마에 대어주었다. 첸은 시원한지 버둥거리지 않고 내 무릎에 기대 그대로 잠이 들었다. 그렇게 밤새 물티슈를 갈아주고 미지근한 물을 마시게 했다. 아마 그 모습을 엄마가 보았다면 콧방귀를 뀌며 '별짓을 다하네!'라고 놀렸을 것이다. 엄마 아플 때나 그렇게 좀 해보라고 말이다. 다행히 첸은 기침이 멎었고 다시 쌩쌩해져서는 잘 뛰어다녔다.

네컷 일기

\# 다 좋아

손님 좋아

엄마 좋아

고양이 좋아

카아악!

잘 때만 좋아   싫어

뚜껑 킬러

우리 집에는 정수기가 없다. 필터 교체와 정수기 관리를
받는 것도 귀찮아서 그냥 한 달에 두 번 정도 대형마트에
가서 물을 사가지고 온다. 그렇게 구매하는 생수는 보통 6
개씩 9개씩 묶여 있는 경우가 많아서 내가 혼자 옮기기에

는 조금 버겁다. 그래서 보통 식이가 옮겨주는 자리에 생수를 두고 뜯어서 하나씩 마시게 된다. 그런데 어느 날부턴가 생수병의 뚜껑이 사라지기 시작했다. 6개입 생수병을 옮기기 귀찮아서 바닥에 두었는데 하루하루 지날수록 생수병 뚜껑이 사라지는 것이 아닌가. 우리 집에 거주하는 것은 나와 첸, 이렇게 둘뿐인데 내가 아니면 결국 첸이다. 아직 현장을 보지 못해서 어째서 물병 뚜껑을 따고 있는 것인지 이해가 되지 않았다. 현장을 포착하기 위해 첸의 주변을 계속 감시했다.

심증은 있었지만 물증은 없는 상태. 물병은 매일매일 하나씩 뚜껑이 사라졌다. 마지막 물병이 남은 날, 나는 드디어 현장을 포착했다. 저녁을 먹기 위해 밥을 차리고 식탁에 앉아 밥을 한 술 뜨려는 순간, 첸이 유유히 병이 모여 있는 곳으로 걸어갔다. 그리고 마지막 병뚜껑으로 입을 가져갔다. '와드득와드득' 첸은 물병을 와드득 씹어서 물병 뚜껑을 벗겨 냈다! 나는 황당함에 그대로 굳어 첸을 바라보았다. 첸은 보든지 말든지 상관없다는 듯이 나를 쳐다보고 있었다. 뚜껑은 그렇게 내동댕이쳐지고 이제 첸은 무엇을 할 것인가. 나는 일부러 핸드폰 카메라를 켜두고 첸의 다음 행동을 기다렸다. 여차하면 사진을 찍으려고 말이다.

"응? 첸, 뭐 하니 너….."

여섯 개의 뚜껑 없는 물병. 첸은 갑자기 그 중 하나를 골라 혓바닥을 쑥 집어넣어 할짝할짝 물을 마시기 시작했다! 나는 그렇게 눈앞에서 내 물을 빼앗겼다. 소리칠 새도 없이 첸은 물을 마시고 유유히 다시 자기 자리로 돌아갔고 나는 황당함에 웃음이 터져 나왔다. 현장은 포착했지만 도대체 왜 이런 행동을 한 건지 알 수가 없었다. 그 이후에도 첸은 물병 뚜껑을 좋아해서 물을 다 마신 페트병을 주면 물병 뚜껑만 와드득 씹어서 열고는 버린다. 아마 그렇게 하는 것이 재미가 있었던 모양이다. 한 번은 식탁에 올려놓은 물병을 열다가 물을 와르르 쏟은 적도 있다. 말썽꾸러기 첸, 별명이 하나 더 늘었다. 오프너첸, 첸두루미.

시골길

우리 부모님 댁은 집에서 2시간에서 3시간 정도 걸리는 시골에 있다. 자주 데려가지는 않지만 애견 카페에 첸을 맡기지 못하는 경우가 생기면 그냥 데리고 집에 가곤 한다.

아빠가 동물을 좋아하셔서 우리 집은 내가 고등학생 때까지 늘 강아지를 키웠고, 시골 개답게 마당에 놓고 풀어서 키우는 것이 다반사였다. 엄마는 뒤치다꺼리해야 해서 귀찮다고 하시지만 항상 가장 먼저 강아지들을 챙겨주었다. 이런 우리 집에는 한 가지 규칙이 있었는데 강아지는 절대 집 안으로 데리고 들어올 수 없다는 것이다. 하지만 내가 엄마에게 우리 첸은 밖에서 절대 못 잔다고 난리를 피우는 바람에 첸은 우리 집에서 최초로 집 안에 들어온 강아지가 되었다.

첸을 처음 데려온 날 시골에는 하얗게 눈이 쌓여 있었다. 방 안은 밖과는 대조적으로 매우 따뜻했다. 첸은 이곳저곳 방을 누비다가 소파에 혼자 올라가서 인형을 가지고 놀다가 잠을 자기도 했다. 아빠가 옆에 앉자 언제부터 친했다고 옆구리를 딱 붙여서 누웠다. 아빠는 그런 첸이 귀엽다는 듯이 쓰다듬어주었다.

말썽꾸러기 첸은 시골에 가서도 오두방정을 떨었다. 우다다 우다다 뛰어다니더니 갑자기 깨갱깨갱 울기 시작했다. 아마 시골집 장판이 아파트 바닥보다 미끄러워서 어딘가 삐끗한 것 같았다. 다리 쪽을 만지니 온 집이 떠나가라 울어 대는 탓에 나도 놀랐고 부모님도 놀라셨다. 엄마는 급한 대로 집에 있던 붕대로 다리를 묶어주었다. 다행히 저녁쯤 되니 아프지 않은지 울음이 잦아들었다.

아침에는 차를 타고 산을 올랐다. 가는 길 곳곳에 눈이 하얗게 뒤덮여 있었고 얼음 꽃이 하늘에 송골송골 맺혀 있었다. 나는 첸을 꼬옥 안고 밖으로 나갔다. 내 입에서도 첸의 코에서도 하얀 김이 뿜어져 나왔다. 첸에게 처음으로 눈을 보여준 날, 내 품 안에 안긴 눈처럼 하얀 첸이 무척 귀여웠다.

한 번 예행연습을 한 이후로는 종종 첸을 부모님 댁에 데려간다.

"아빠, 이번 주에는 강아지 데려갈게."
"아이구, 왜 그냥 맡기고 오지."

아빠는 내가 힘들까 봐서 마음에 없는 말씀을 하신다. 이렇게 말씀하시고는 꼭 첸을 데려가면 "아이구, 정서방~ 우리 딸 왔니~" 하시면서 곧장 첸을 안고 집으로 들어가버리신다. 역시 동물을 좋아하는 사람은 어딜 가나 티가 난다.

강 아 지 와 차 타 기

반려인의 한마디

첸과 함께 어딘가로 차를 타고 가는 것이 처음부터 쉬웠던 것은 아니었습니다. 차가 익숙하지 않았던 첸은 차를 탈 때마다 일어섰다 앉았다 울다가를 반복했습니다. 가끔을 토를 하기도 해서 식이도 저도 난감해하며 이러지도 저러지도 못했던 기억이 있습니다. 첸을 따로 교육을 시키지는 않았지만 애견 카페와 애견 운동장을 다니며 자주 차를 탔더니 이제는 알아서 차를 타면 가만히 앉아 있게 되었습니다.

반려견 차에 태우기 팁

첫 번째, 차를 탈 예정이 있다면 반드시 밥을 먹이지 않기
강아지들도 멀미를 할 수 있기 때문에 토하는 것을 방지하는 것이에요.

두 번째, 카시트 이용하기
조카들이 쓰던 카시트를 얻어 왔는데 뒷좌석에 다리를 펴고 앉을 수 있는 카시트라서 강아지가 편안하게 누워서 이동할 수 있습니다. 시트에 털이 묻는 것도 막아줍니다.

3장

고 마 워

그 리 고

주말 부부

주말 부부에 대해서 흔히들 '3대가 덕을 쌓아야만 할 수 있다'고 말한다. 그 어려운 것을 우리가 하게 되다니! 10년을 같이 아웅다웅 한 부부도 아니고 겨우 6개월밖에 되지 않은 신혼부부인데, 갑작스럽게 떨어져 지내야 한다는 사실

이 달갑지만은 않았지만 식이가 하고 싶은 일을 하기 위해 떠나는 것이기에 나는 쿨하게 인정하기로 했다.

식이가 떠난 날, 밤에 퇴근을 하고 돌아오니 여느 때와 달리 깜깜한 거실이 식이가 없다는 사실을 말해주었다. 첸에게 밥을 주고 왠지 울적해서 침대에 앉아 TV를 보았다. 그래도 기분이 나아지지 않자 첸을 안고 펑펑 울었다. 쿨하게 보내주기는 했지만 몇 달간 함께 지냈던 온기가 사라져서인지 눈물이 났다. 그래도 참 다행인 것은 내 눈앞에 첸이 있다는 것이었다. 첸은 내가 왜 우는지 모르는 표정이었지만 도망가지 않고 가만히 안겨 있었다.

하루 이틀, 일주일 그렇게 시간이 흐르니 첸과 함께 지내는 시간도 익숙해져 갔다. 나는 집으로 들어가면 제일 먼저 첸의 밥을 챙겼고 아침에는 산책을 시키고 밤에는 같이 침대에 누워서 잠이 들었다. 주말 부부를 하고 아마 제일 좋은 것은 첸일 것이다. 제일 좋아하는 침대도, 사람도 독차지했으니 말이다.

식이는 주말에 내려와 평일에 고생하는 나를 대신해서 꼬박꼬박 첸을 산책시키고 청소도 도맡아 했다. 우리는 그렇게 서로의 선을 지켜주면서 합을 잘 맞춰가고 있었는데 문제는 의외로 우리를 바라보는 주변인들에게 있었다.

"신혼에 혼자 살면서 강아지를 어떻게 키우니. 차라리 잘 키울 수 있는 사람에게 보내는 것이 낫지 않겠니?"
"첸이 얌전한 것도 아닌데 너무 고생이지 않아?"
"일하랴 집에 와서 청소하랴, 힘들고 귀찮을 텐데 그냥 다른 집에 보내."

주말 부부를 시작하고 오빠의 꿈을 지원해주는 역할을 하
며 무척 바쁜 시간들을 보냈다. 가끔 첸이 너무 말을 듣지
않으면 속상해서 눈물이 났고 외출과 외박에 자유롭지 못
해 근처에 계신 시어머님께 부탁을 하기도 했다. 그 때문
인지 주변에서 내가 조금이라도 힘든 내색을 하면 강아지
를 괜히 키워서 고생한다는 뉘앙스로 이야기했다. 강아지
에 대한 간섭도 부쩍 많아졌다.

"아니, 개를 데리고 같이 자니? 잠은 따로 자야지!"
"아휴 개 키우면 돈이 얼마나 많이 드는데!"
"개를 키울 바에야 애를 키우지 차라리! 그렇게 해가지고
언제 애 가질래?"

나를 위로하기 위해서, 걱정되는 마음에서 해주는 이야기
라는 것은 알고 있지만, 첸을 어디론가 보낸다는 것은 생
각지도 못한 카드였기 때문에 그런 이야기를 들을 때마다
마음이 불편했다. 소심한 나는 화를 내지는 않았지만 우
리가 서로 의지하고 있다는 것을 끊임없이 확인시켜 주었
다. 사실은 이렇게 말하고 싶었는데 그렇게 하지 못했다.

'저랑 첸이랑 알아서 할게요! 첸은 제 가족이라고요.'

사라지기 전
시집가는 걸
소박하고 싶어서
장애물만들기

5. 정혈염으로 달리기
6. 결코 강인한 주인이 될
7. 맥주병 들이키기
8. 내 터널링데까지 어디
9. 아름답게 인생하기
10.

강아지 방문 교육

주말 부부를 하면서 첸과 내가 단둘이 있는 시간은 길어졌
지만 바쁜 나를 대신해서 밥을 챙겨주고 첸의 산책을 시켜
주던 식이가 없어지니 첸의 자유시간은 점점 줄어만 갔다.

그런 마음을 표출하듯 첸은 배변 패드를 찢어 놓거나 화장실에 두었던 쓰레기통을 다 뒤져서 거실을 쓰레기 밭으로 만들거나 식탁 의자 쿠션을 물어뜯어 집에 솜박눈(솜+함박눈)을 내리게 했다.

"으…. 첸! 너무하잖아, 너!"

첸과의 갈등이 생기면서 나는 자꾸만 무엇인가를 탓하게 되었다. 먼 곳에 위치한 우리 집이 싫어지기도 하고(걸어서 애견 카페에 갈 수 없어서) 내가 불러도 돌아보지 않는 첸이 미워지기도 했다. 속상한 마음에 울면서 세나개에 사연을 쓰려고 했다가 말았다가를 반복했다.

하루는 혼자서 첸을 산책시키려고 데리고 나갔다가 목줄에 버클이 고장 나면서 순식간에 첸이 도망간 일이 있었다. 나는 놀라서 첸의 이름을 부르며 쫓아갔지만 첸은 뒤도 돌아보지 않고 줄행랑을 쳤다. 그때 차가 우리 쪽을 향해 오고 있었다. 캄캄한 밤이라 가만히 두면 첸이 부딪칠 수 있는 상황이었다. 나는 거의 울다시피 앞에서 오는 남자분에게 강아지를 좀 잡아달라고 소리를 쳤고 동시에 천천히 들어오고 있는 차를 가로막았다. 다행히 첸은 순순히 붙잡혀주었고 무사히 집으로 돌아올 수 있었다.

나도 사람인지라 첸을 예뻐하는 마음과 달리 스트레스도 많이 받았다. 하지만 직장에 다니는 초보 개엄마로서 해줄 수 있는 것이 뾰족하게 떠오르지 않았다. 어쨌든 내가 할 수 있는 것은 시간을 쪼개어 산책을 시켜주고, 간식을 많이 던져주고 가는 것밖에는 없었다. 이제 첸과 내가 단둘이서 보내야 하는 시간이 많아졌기 때문에 서로 힘들지 않고 살 수 있도록 무언가를 해야만 했다.

그러던 중에 '방문 교육'에 대해 알게 되었다. 훈련소에 맡겨서 실패했던 기억이 있지만 방문 교육은 조금 다르지 않을까 절박한 심정으로 1회만 우선 신청해보기로 했다. 그리고 집으로 훈련사님이 왔다. 훈련사님은 이탈리안 그레이하운드와 비슷한 '휘핏'을 기르고 있다고 해서 왠지 더 신뢰가 갔다. 우선 가장 필요한 것은 강아지와 반려인과의 유대감이라고 했다. 그렇다. 첸은 내가 불러도 잘 움직여주지 않았다. 병원에 갔을 때 의사 선생님으로부터 '아마 첸이 주인으로 생각하지 않아서가 아닐까요?'라는 이야기를 듣기도 했다.

훈련사님은 첸의 이름을 부르며 오면 간식을 주고 조금씩 첸과의 거리를 늘렸다.

"음, 저… 고객님. 첸한테 조금 이상한 부분이 있는 것 같아요."

훈련을 몇 번 반복해보던 훈련사님이 뜻밖의 말을 꺼냈다.
"첸이 기다려를 참 잘하는데 첸하고 불렀을 때 반응이 굉장히 느려요. 그리고 소리가 나는데 귀가 움직이질 않네요."

훈련사님은 테스트를 조금 해봐야겠다며 빈 페트병이 있으면 달라고 했다.

툭, 툭, 툭
훈련사님은 작은 소리부터 아주 큰 소리까지 만들어 첸에게 들려줬다. 우리도 유심히 지켜보았지만 첸의 귀는 움직이지 않았다. 사실 정확히 말하자면 움직이지 않았다기보다 계속 귀를 움직이지만 그게 소리가 날 때 움직이지 않았다가 더 맞는 표현이었다. 아주 큰 소리가 날 때는 깜짝 놀라며 돌아보았지만 소리 때문인지 충격에서 오는 진동 때문인지 알 수 없었다. 훈련사님은 그날 훈련을 마치고 가며 조심스럽게 청력 검사를 받아보라고 권하고 떠났다.

생각지도 못했던 이야기를 듣게 되어 저녁 내내 멍했다. 첸은 귀가 들리지 않을지도 모른다는 청천벽력 같은 이야기와는 대조적으로 순진하고 행복해 보이는 얼굴을 하고 있어서 안쓰러우면서도 웃음이 났다. 들릴까, 들리지 않을까. 궁금했지만 사실은 조금 무서워져서 알고 싶지 않은 기분이었다.

방 문 교 육 과 반 려 인 의 역 할

 반려인의 한마디

애견 훈련소에서 보내는 것과 방문 교육받았을 때의 가장 큰 차이는 반려인의 역할이라고 생각해요. 훈련소에 보냈을 경우에는 반려인이 따로해야 할 일이 없고 교육은 오로지 훈련소장님의 몫입니다.

방문 훈련은 훈련사님이 오셔서 반려견의 상황을 진단해주고 훈련 방법을 알려주시지만 교육은 대부분 반려인의 몫입니다. 그렇기 때문에 방문 교육을 하면 반려견과 좀 더 깊은 유대를 쌓을 수 있는 장점이 있는 것 같아요!

샴프네 집(1)

챈을 데리고 왔을 때 그리고 주말 부부를 시작했을 때를
기점으로 주변에서는 자꾸만 "챈은 좀 별난 것 같아."라는
이야기를 했다. 지인 중에 강아지를 키우는 사람이 많지
않을 뿐더러 견종이 특이하다 보니 정보를 얻을 만한 곳도

별로 없었다. 또 일도 바빠서 커뮤니티도 SNS도 찾아볼 시간이 나지 않았다. 더군다나 시댁에서도 우리가 강아지를 키우는 것에 많은 반대를 하셨다. 그러면서 나 홀로 출퇴근을 하며 강아지를 키우는 게 힘든 일이라고 생각하셨는지 자주하시던 이야기가 있었다.

"저기 창녕에 가면 그 개 많이 키우는 곳이 있대. 거기에 갖다 주는 것이 어때. 한 50마리 키운다던데."

그때는 키우는 걸 반대하시는 게 서운해서 깊게 듣지 않았지만, 최근에 첸의 말썽이 더 심해지고 방문 훈련 때 들었던 말도 있어 그 이야기가 떠올랐다. 같은 강아지를 50마리씩이나 키우는 분이라면 한 마리쯤은 우리 첸과 비슷한 케이스가 있지 않을까, 내가 잘 모르는 이탈리안 그레이하운드의 특징에 대해 많이 이야기해주지 않을까, 하는 생각에 정말 막연히 그분을 만나보고 싶다는 생각을 했다.

TV 동물농장 프로그램에도 나왔던 분이라고 하니 어쩌면 포털 사이트에 검색하면 나오지 않을까 반신반의하며 '이탈리안 그레이하운드 창녕'을 검색했는데 정말로 게시글이 있었다! 이탈리안 그레이하운드 전문 켄넬*로 연락처

와 블로그도 떡하니 공개되어 있어 망설임 없이 블로그에 댓글을 남겼다.

'안녕하세요. 저는 부산에서 아이쥐[*] 한 마리를 입양하여 키우고 있습니다. 제가 이 강아지에 대해 조금 더 알고 싶어서 수소문하던 중에 연락을 드리게 되었습니다. 저희 강아지에게 같은 종의 강아지를 만나게 해주고 싶기도 하고 여쭤볼 것도 있는데 실례가 되지 않으시다면 방문을 해도 될까요?'

일에 한창 집중하고 있는데 우웅 하는 진동과 함께 남겨 두었던 전화번호로 문자가 왔다.

'네~ 가깝네요. 시간 나실 때 언제든 방문하셔도 됩니다.'

흔쾌히 승낙해 주셔서 실례가 되지 않았을까 걱정했던 마음이 한번에 사라졌다. 그렇게 답변을 받고 여름과 추석이 어떻게 지나는지 모르게 시간이 흘렀다. 드디어 방문 날짜

----

* 켄넬Kennel: 애완견을 전문적으로 맡아 기르는 곳.
* 아이쥐IG: 이탈리안 그레이하운드Italian Greyhound의 앞 글자를 따와 줄여 부르는 말.

를 정하려고 전화 통화를 하게 되었고 이참에 궁금했던 것을 물어보기로 했다.

"저희 강아지가 이름을 부르면 쳐다보지도 않고 사람이 들어와도 꿈쩍하지 않을 때가 있는데 아이쥐들이 원래 조금 둔한 편인가요? 병원에서는 유대감이 부족해서 이름을 불렀을 때 돌아보지 않는 것이라고 하던데…. 아! 그리고 얼마 전에 방문 교육을 받았는데 훈련사님께서 조금 이상하다고 하긴 하시더라구요!"
말을 마치자 사장님께서 느닷없이 첸의 몸 색에 대해 물어보았다. 나는 당황하며 대답했다.

"아, 몸은 흰색이고 얼굴은 바둑이처럼 반쪽이 검은색이에요. 반대쪽 얼굴에 검은색 점이 하나 더 있구요."

그러자 사장님은 심각한 목소리로 이야기를 이어가셨다.
"아…. 그런 털색은 사실 아이쥐한테 없거든요. 아무래도 선천적으로 들리지 않는 아이인 것 같은데요."

나는 너무 놀라 분명히 인터넷에서도 비슷한 색깔의 아이를 본 적이 있는데 어떻게 이런 색이 없다는 것인지 물었다. 사장님은 아이쥐가 본래 이탈리아 종으로 '솔리드'라고 부르는 단색의 털을 가지고 있는데 이 종이 미국으로 넘어가면서 다양한 털색의 종끼리 교배를 하다 보니 점박이 형태가 나오기 시작했다는 것이다. 그래서 몸이 흰색이거나 얼굴 쪽에 점박이가 있는 강아지들이 나왔고, 몸이 완전히 희거나 흰 털의 비율이 높을 경우 유전적으로 장애가 발현될 가능성이 있다는 것이다.

그리고 첸도 마찬가지인 듯하다고 했다. 나는 할 말을 잃었다. 지금까지 첸이 말썽부렸던 많은 일들이 한꺼번에 퍼즐이 맞춰지듯 딱딱 들어맞는 기분이 들었다. 정말로, 정말로 그랬다면. 그동안 첸에게 소리를 질렀던 내가 너무 미워졌다.

전 문 견 사 와 강 아 지 공 장

 반려인의 한마디

강아지를 입양하지 않고 데려오는 경우 보통은 펫샵이라고 불리는 곳을 많이 이용하게 됩니다. 하지만 이런 펫샵의 경우 '모견母犬'을 열악한 환경에서 억지로 임신과 출산을 반복하게 만듭니다. 그래서 겉은 멀쩡해 보여도 몸이 허약하거나 정서적으로 문제가 있는 강아지들이 태어납니다. 태어나서도 충분히 케어를 받지 못하고 어린 나이에 곧바로 소비자에게 팔리게 되죠.

이와 달리 전문 견사는 전문적으로 동물을 교배시키며 품종을 유지하는 역할을 합니다. 그런 일을 하는 분들을 '브리더'라고 불러요. 브리더는 단순히 강아지를 키우고 교배를 하여 판매하는 것이 아니라 해당 품종에 대한 전문 지식을 바탕으로 보살핍니다. 반려견을 가족처럼 생각하고 자식처럼 여기기 때문에 브리더를 통해 입양하게 되면 많은 정보를 얻을 수 있을 뿐더러 좋은 환경에서 충분한 케어를 받은 건강한 반려동물을 데려올 수 있게 됩니다. 단, 좋은 브리더가 있으면 나쁜 브리더도 있습니다. 어떤 브리더들은 사기를 치는 경우가 있으니 반려견을 입양할 때는 잘 알아보는 것이 좋아요!

사실 펫샵에서 반려 동물을 사는 것보다는 이미 시장에서 나왔다가 버림받은 많은 유기견들이 있기 때문에 이들을 품어주는 것을 더 권하고 싶습니다.

쿤이라는 강아지

서울에 몇 안 되는 친구 가운데 같이 고등학교를 다녔던 고릴라 흉내를 잘 내는 '오씨' 성을 가진 마음 따뜻한 친구가 있다. 어느 날엔가 친구가 카톡으로 '야, 너 강아지 한 마리 더 입양할 생각 없어?'라고 물어왔다.

그때는 이미 첸의 말썽으로 잔뜩 지쳐 있는 상황이라 '강아지는 무슨, 한 마리도 죽겠는걸!' 하고 웃으며 넘겼는데 이야기나 한번 들어 보자 싶어 무슨 일인지 물어봤다. 들어 보니 자기네 회사 실장님의 친구분 회사에 웬 주인 없는 강아지가 있는데 첸이랑 같은 종이었다고 한다. 주변 회사 직원들이 돌아가면서 강아지를 돌봐주다가 지금은 실장님 친구분이 집으로 데려다 놓은 상태인데 그것도 오래 돌보지는 못할 것이라고 했다. 저런, 하고 인상이 찡그려지는 마음이 아픈 이야기였지만 나는 첸만으로도 버거웠기 때문에 깊게 생각하지 못했다. 그렇게 친구는 종종 강아지 사진을 보여주기도 하고 소식을 들려주었다.

서울에 있던 쿤이는 첸과 비슷한 점이 많은 친구였다. 나이는 다섯 살로 거의 두 배나 많았지만 같은 이탈리안 그레이하운드 종이었고, '첸'과 '쿤'으로 이름도 외자였다. (사실 '쿤이'였는지도 모르겠다.) 더더욱 우리를 놀라게 했던 것은 한 장의 사진이었다. 이탈리안 그레이하운드들은 체형이 좀 독특해서 전용 옷이 있다. 우리는 한 온라인 쇼핑몰에서 첸의 첫 옷을 사주었는데 목부터 다리까지 한번에 감싸주는 롬퍼라는 옷이었다. 롬퍼는 남색 줄무늬에 엉덩이 쪽에 주머니가 달려 있어 무척 귀여웠다. 그런데 놀랍게도 그것과 완전히 똑같은 옷을 쿤이가 입고 있는 것이 아닌가! 하필 그 많은 옷들 중에, 그 많은 색깔 중에 남색 줄무늬라니! 이것은 운명일까? 만나보지도 않은 강아지에게서 익숙한 향기를 느끼는 순간이었다.

네컷 일기

살쪘다

등뼈가 보일만큼 말랐던 첸

↙ 앙상

걱정되는 마음에 많이 먹였는데

맴찟

콰ㄹㄹ

알고보니 그게 정상이었다

헉!

앙상

이젠 건강한 돼지!

9kg

샴프네 집(2)

첸에게 중성화 수술을 시킨 뒤 처음으로 애견 운동장에 데려갔을 때, 그곳에 아주 큰 아프간하운드가 있었다. 조그마한 강아지들 사이로 유유히 지나가 바닥에 철퍼덕 배를 깔고 누워 있는 아프간하운드는 충분히 모두의 시선을 끌

만했다. 첸은 포메라니안이나 말티즈처럼 작은 친구들 뒤를 졸졸 쫓다가 아프간하운드 친구 앞에서 멈췄다. 다른 소형견에 비해 중형견만큼 컸던 첸도 그 앞에 서니 '나는 소형견이로소이다'였다. 같은 하운드 종류라서 그런지 크기만 달랐지 생김새는 아주 비슷했다. 긴 코와 긴 다리, 사슴처럼 늘씬한 몸매. 만약 첸이 똑같은 이탈리안 그레이하운드를 만난다면 어떨까? 첸에게 언젠가 자신과 똑 닮은 친구를 만나게 해주고 싶은 마음이 들었다.

우리는 드디어 샴프네 집을 방문했다. 샴프네 집의 강아지들은 50마리가 서로 서열이 있기 때문에 그 울타리 안에 직접 들어가지는 못했다. 대신 서열 1위인 샴프가 첸을 만나러 나왔다. 사장님이 '샴프' 하고 부르자 쏜살같이 뛰어와 높이 점프를 해서 품 안으로 쏙 들어갔다. 그 모습에 '와아!' 하는 함성이 절로 나왔다.

첸은 신나서 샴프를 따라다녔지만, 샴프는 나이가 좀 있어서인지 첸을 조금 귀찮아했다. 샴프는 사장님을 향해 점프를 하기도 하고 사장님의 무릎에 몸을 동그랗게 말아서 누워있기도 했다. 샴프의 행동을 보니 첸과 비슷하여 무척 신기했다. '아, 너넨 원래 그런 애들이었구나.'

우리는 간 김에 두 마리를 키우는 것은 어떤지 물어보았다. 사실 아저씨네 부부도 개인적인 시간을 늘려 볼 의도로 둘째를 들였지만, 둘이서 놀지도 않고 오매불망 주인을 기다리는 것은 똑같다는 이야기를 들었다. 다만 둘이서 같이 있으면 덜 외로워하는 것 같다고. 그리고 둘째를 시작으로 이탈리안 그레이하운드의 매력에 빠져버려 50마리가 되었다는 이야기도 들었다.

돌아오는 길에 쿤이 생각이 났다. 정말 같이 있으면 좋을까? 첸도 친구가 생기면 조금 더 의지가 될까?

CCTV

아침에 눈을 뜨면 늘 눈앞에 첸의 하얀 배가 보였다. 그 모습은 평화로움 그 자체였다. 첸이 가만히 잠들어 있는 모습을 보면 이렇게 인형처럼 작은 아이가 풀숲을 뛰어다니고 냄새를 맡고, 장난감을 가지고 놀고, 밥을 먹는 모든 행동이 신비롭게 느껴졌다. 내가 만약 그때 첸을 데려오지 않았더라면 어땠을까. 그런 상상은 하고 싶지 않을 만큼 첸과 함께 하는 시간이 너무나도 익숙해져버렸다. 첸의 귀가 잘 들리지 않는 것은 우리 사이에 중요한 문제가 아니었다. 오히려 빨리 눈치채지 못한 것이 더욱더 미안해질 뿐이었다.

첸이 잘 듣지 못한다는 이야기를 들은 주변 사람들은 '불쌍한 아이'라고 불렀다. 그런 이야기를 들을 때면 첸이 더 측은하게 느껴졌다. 한편으로는 내가 화를 내고 짜증을 냈던 소리, 식이가 혼을 냈던 소리, 강아지를 다른 곳에 보내버리라고 했던 소리들을 듣지 못해서 다행이라는 생각이 들었다. 어쩌면 첸은 듣지 못하기 때문에 더 많이 실수했을 것이고 더 많이 행복하지 않았을까. 불쌍하게 생각하고 싶지 않았지만 걱정이 더 늘어난 것은 사실이었다.

하루는 혼자 오랜 시간을 보내는 첸이 걱정돼서 설치해두었던 핸드폰 CCTV를 확인하다가 깜짝 놀란 일이 있었다. 첸은 빨간색 쿠션 위에 앉아서 아무것도 하지 않고 허공을 하염없이 바라보고 있었다. 미동도 없는 그 뒷모습을 보니 빈집에서 첸이 무슨 생각을 하고 있을까 궁금하면서도 한편으론 알고 싶지 않았다. 나를 욕하고 있지 않을까?

나는 첸의 뒷모습이 계속해서 외롭게만 느껴졌다. 혼자 있는 게 좋을까 둘이 좋을까. 그 갈림길에서 나는 티격태격하더라도 같이 물고 물릴 수 있는 친구를 만들어주기로 결심했다. 사교적인 첸이라면 친구를 잘 받아들일 수 있을 거라는 자신감도 있었다.

CCTV의 부작용

 반려인의 한마디

첸이 혼자 있는 시간에는 무엇을 하고 있을지 궁금한 마음 반, 혹시나 생길 수 있는 위험 상황에 대비하고자 했던 마음 반으로 설치했던 CCTV는 저에게 오히려 독이 되었어요. 첸의 일거수일투족을 확인할 수 있기 때문에 일하다가도 자꾸만 확인을 하고 싶었어요.

CCTV 어플을 켰는데 첸이 보이지 않으면 불안해서 제가 분리불안이 올 것만 같은 기분이 들었습니다. CCTV는 우리 강아지가 잘 있는지 문제가 있는지 없는지 확인하는 용도로만 사용하세요!

서울에서 부산으로

서울에 10시쯤 도착하기 위해서는 새벽부터 일어나 준비
해야 했다. 새로운 가족을 맞이한다는 기대감과 걱정에 오
히려 잠은 쉽게 깼다. 쿤이를 데려올 뾰족한 방법이 없어
서(비행기도 기차도 겁먹을 것 같았다.) 차를 끌고 서울로

향했다. 12월 한겨울이다 보니 6시 반쯤이 되어도 여전히 아침 해는 보이지 않았다. 캄캄한 도로를 불빛에 의지해서 달려갔다. 사진으로만 보았던 쿤이는 어떤 강아지일까, 첸과 잘 지낼 수 있을까, 내가 잘 결정한 것이 맞을까. 고민이 꼬리에 꼬리를 물었다.

가는 길에 휴게소를 들러 아침을 먹었다. 그새 해가 떴다. 어딘가 여행을 가는 것처럼 평범한 하루를 시작했다. 올라갈 때에는 식이와 나 둘뿐이지만 내려올 때에는 쿤이까지 셋이 될 것이다.

네 시간을 내리 달려 경기도에 도착했다. 부천에서 쿤이를 소개해주었던 친구 소영이를 태워 쿤이를 보호하고 계신 실장님 집으로 향했다. 우리는 집 주차장에 차를 대어 놓고 산책을 간 쿤이를 기다렸다.

"쿤아~!"

쿤이를 부르는 소리가 들렸고 멀리서 목줄이 풀린 갈색 강아지 한 마리가 보였다. 식이와 나는 멀리서 쿤이가 걸어오는 모습을 보았다. 쿤이는 첸보다 조금 더 길고 날렵한 몸을 가지고 있었고 이름을 부르는 소리에 금세 다시 실장님 옆으로 뛰어와 걸었다. 쿤이가 우리와도 저렇게 걷게 되겠지, 하는 생각을 하니 가슴이 콩닥콩닥 설레었다.

부산까지는 또다시 4시간이 걸려서 우리는 밥을 먹거나 할 시간도 없이 서로 가벼운 인사를 하고 쿤이 짐을 싣고 갈 준비를 했다. 쿤이가 사용했던 이불들, 옷, 간식, 장난 감, 칫솔 등을 꼼꼼히 챙겨준 박스를 보니 실장님이 얼마나 쿤이를 아껴 왔는지 알 것 같았다.

뒷좌석에 이불을 켜켜이 쌓고 그 위에 쿤이를 앉혀 두었다. 창문을 사이에 두고 쿤이와 실장님 가벼운 눈인사를 나눴다. 쿤이는 낑낑대었지만 마지막이라는 것을 알아챈 듯이 조용한 작별 인사를 했다.

차가 출발하자 쿤이는 조금 불안해하는 듯했고 ㅣ는 뒷좌석에 누워서 쿤이를 가만히 안아주었다. 중간중간 휴게소를 들러 오줌을 뉘어주기도 했는데 귀가 잘 들리는 쿤이가 신기해서 일부러 줄을 길게 풀어 '쿤!' 하고 불러서 뛰어오게 했다. 쿤이가 우리 목소리를 듣고 바로 달려오자 우리 둘은 손을 맞잡고 환호성을 질렀다. 돌아오는 차 안에서 쿤이는 불안했는지 자꾸만 운전하는 식이의 무릎에 눕고 싶어 했다. 식이는 잠깐 동안 쿤이를 안아주었다. 잠이 든 쿤이를 보며 앞으로 함께 시간을 보내면서 따뜻한 울타리가 되어주어야지, 그렇게 다짐했다.

네컷 일기

누드

목욕을 하려고

> 목욕하자~

옷을 벗겼는데

왠지

> …

헐벗은 느낌

함께 하는 산책

쿤이를 데려오면서 가장 걱정했던 '서열'. 아니나 다를까 쿤이가 집에 오자마자 첸은 탐색에 들어갔다. 예전에 샴 프네 집에서 샴프가 그랬듯이 정작 나이가 많은 쿤이는 첸에게 그다지 관심을 보이지 않고 그저 우리 뒤만 졸졸 따

라다녔다. 첸은 쿤이의 냄새를 맡기도 하고 서열 싸움을 하듯 으르렁대기도 하고 등을 붙잡고 붕가붕가*를 시도했다. 강아지들의 서열 싸움에 사람이 개입을 하면 더 좋지 않다는 이야기를 들은 적이 있어서 큰 소리가 나기 전까지는 옆에서 유심히 지켜보기만 했다.

갈색 조끼를 입은 것 같은 쿤이는 점잖은 강아지였다. 조용히 걷고 조용히 햇빛을 즐겼다. 첸은 그런 쿤이를 가만히 두지 않고 끊임없이 주변을 맴돌며 탐색을 했다. 사람 나이로 따지면 쿤이는 4-50대 중년 아저씨고 첸은 2-30대 청년이었다. 동물의 세계는 알 수 없지만 사람 눈으로 보니 그저 첸이 버르장머리가 없어 보여서 혼쭐을 내주고 싶었다. '야, 우리 쿤이한테 그만해!'

같이 산책을 시키면 둘의 사이를 친근하게 만들어줄 수 있다고 해서 날이 추웠지만 함께 산책을 갔다. 마침 똑같은 옷도 있겠다 커플룩을 입혀서 아파트 근처 산책로로 갔다. 지나가는 사람들마다 쌍둥이냐고 커플이냐고 물어보았다.

---

* 붕가붕가: 마운팅이라고도 하며 동물들이 무언가를 붙들고 교미하는 듯한 행위를 하는 것을 말합니다.

'얘네는 남자도 여자도 아니에요'라는 생각을 하며 '푸히히' 하고 웃었다.

쿤이와 첸의 산책 스타일은 조금 달랐다. 첸은 늘 노즈워크*를 많이 시켜주다 보니 천천히 걸으며 풀 냄새를 맡는 걸 좋아했다. 반면 쿤이는 목줄을 하고 있으니 조금 갑갑해했다. 앞으로 우다다 달려가려다가 저지를 당하니 무척

---

* 노즈워크Nose work: 반려견들이 코를 이용하여 하는 여러 가지 활동. 최근에는 반려견 훈련 용어로 많이 쓰인다.

당황해하는 분위기였다. 산책로 중간에서 쿤이의 목줄을 길게 풀어주니 쿤이는 신나게 앞으로 달려 나갔다가 '쿤!' 하고 부르는 소리에 또다시 우다다 뛰어 우리 곁으로 돌아왔다. 첸이와 쿤이는 같은 냄새를 맡으며 함께 걸었다. 똑같은 줄무늬 옷에 둘 다 길쭉한 몸매, 반려인인 내가 괜히 우쭐해지는 투샷이었다.

함께 맞는 첫 겨울, 앞으로 봄에는 꽃을 보고 여름에는 물놀이를 하고 가을에는 낙엽을 밟고 겨울에는 차가운 공기를 마셔야지. 그렇게 함께 발을 맞춰서 걸을 시간들을 상상하며 오늘 하루 있었던 일을 일기장에 기록했다. 평범하게 지나갈 어느 주말이 특별한 한 페이지가 되어 일기장에 남겨졌다.

강아지 두 마리 산책시키기

 반려인의 한마디

처음 두 마리를 산책시키려 하니 덜컥 겁부터 났습니다. 첸도 힘이 세기 때문에 쿤이가 아무리 소리를 알아듣는다고 해도 걱정이 태산이었어요. 그래서 두 마리를 데리고 갈 수 있는 리드줄 연결 고리를 주문했는데 너무 걱정했던 나머지 대형견용을 사버렸습니다. 강아지들이 무거워서 결국엔 조금 사용하다가 창고에 넣어두었어요.

두 마리를 키울 경우 산책은 따로따로 해주는 게 가장 좋지만 한꺼번에 할 때에는 반려인과 강아지가 불편하지 않은 선에서 적합한 리드줄을 골라 산책을 시켜주는 것이 좋아요!

첸과 쿤은 서로 가까이 붙어서 산책을 하니 쿤이가 싫어해서 결국 리드줄을 따로따로 사용하여 움직이고 있어요. 반려견과 반려인이 모두 힘들지 않는 방법을 선택하는 것이 좋아요.

닮았다

여러 가지를 신경 쓰며 바쁘게 지냈더니 감기 몸살이 왔
다. 눈을 떴는데 몸이 젖은 수건같이 무거웠다. 1시간 반
정도 걸리는 회사까지 가려면 지금 일어나서 머리를 감아
야 하는데 도저히 움직일 수 없었다. 결국엔 팀장님께 카

톡을 남겼다.

'팀장님, 몸이 너무 안 좋아서 오늘 연차를 사용하겠습니다. 죄송합니다.'

'알겠어요. 쉬어요.'라는 답을 보자마자 나는 다시 침대에 쓰러져 잠이 들었는데 정신을 차리고 보니 벌써 시계는 11시를 가리키고 있었다. 부랴부랴 일어나려고 몸을 반쯤 일으키니 옆구리에는 하얀 첸, 다리 사이에는 쿤이가 있었다. 부스스 일어난 우리 셋의 모습이 우스꽝스러워서 웃음이 피식 터져 나왔다.

강아지들 아침밥을 주고 나도 밥을 먹고 나니 한결 몸이 가벼웠다. 감기 몸살이 아니라 어쩌면 수면 부족인지도. 자고 나니 훨씬 나았다. 가만히 있기는 시간이 아깝고 뭘 하자니 힘이 나지 않아서 그냥 바닥에 이불을 깔고 그 위에 작은 책상을 가져와서 그림 그릴 준비를 했다. 따뜻한 방바닥에 앉아 사각사각 그림을 그리는 동안 첸과 쿤이가 내 곁에 와서 몸을 기댔다.

얼마나 지났을까 한참 그림을 그리고 있던 내 눈에 희한한 광경이 보였다. '아, 역시 이 맛에 같은 강아지 두 마리를 키우는 건가?' 예전엔 잘 몰랐다. 이탈리안 그레이하운드라는 강아지가 어떤 아이들인지. 첸을 보면서 그저 '얘네는 원래 이런가? 사진이랑 다른데? 얘가 좀 이상한건가?'

하고 추측할 뿐이었는데 쿤이의 모습을 보니 첸은 영락없는 이탈리안 그레이하운드였다는 것을 알게 되었다. 첸과 쿤이는 똑같은 자세로 누워 다리를 있는 힘껏 쭉 뻗어 스트레칭을 하고 그대로 잠이 들었다. 둘이 발바닥 패드를 마주하고 누워 있는 모양새가 데칼코마니 같았다. 시간이 지나서 몸을 뒤척이니 이번엔 첸이 쿤이 목을 베고 잠을 잔다. 쿤이는 그걸 또 가만히 있어 주었다. 평소에 첸이 내 배나 목을 베고 잤던 걸 생각해보니 동족끼리는 그렇게 하는 것이 이 아이들의 습관인가보다 하고 짐작할 수 있었다. 쿤이와 첸이는 몸을 동그랗게 말았다가 펼쳤다가 포개었다가를 반복하며 쿨쿨 잠을 잤다.

밤새 서열 싸움을 하다가 피를 흘리는 일이 생기진 않을까 노심초사하던 날이 많았는데 서로의 몸에 의지해서 잠을 청하는 것을 보니 한결 안심되었다. 두 마리 강아지의 엄마로서 나는 그 모습을 열심히 카메라에 담았다. 조금씩 조금씩 두 아이를 이해할 수 있게 되는 것 같았다.

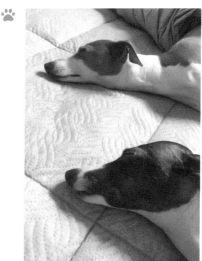

고마워, 너라서

첸을 가족으로 데려오면서 정말 많은 일들이 있었다. 많이
울었고 화도 많이 났으며 짜증도 많이 냈다. 걱정도 많이
했고 그만큼 돈도 많이 들었다. 주변에서 나를 보고 너무
유별나게 강아지를 챙긴다고 그래도 사람이 먼저라는 이

야기를 한 적이 있었다. 하지만 나에게는 의사 표현을 제대로 하지 못하고 보살핌이 필요한 강아지들이 조금 더 우선이다. 생명이고 가족이니까.

진부한 이야기이지만 첸을 가족으로 들이기 전과 후의 삶이 많이 바뀌었다. 나는 남이 보지 않으면 생각보다 게으른 사람이었고 사람들에게 살갑게 구는 타입이 아니었다. 지극히 개인적인 삶을 좋아했고 귀찮을 것을 싫어했다. 그런 나에게 첸은 아기처럼 와서 어쩌면 내 삶에서 가장 귀찮은 부분을 차지했다. 혼자 똥오줌을 가릴 수 있는 것도 혼자 산책을 갔다 올 수 있는 것도 아니다. 시간이 흘러도 여전히 3살 어린아이 같을 것이다. 그만큼 뒤치다꺼리를 해주어야 하는 시간이 길다는 것이다. 그럼에도 불구하고 첸을 데려온 것을 단 한 번도 후회한 적이 없었다.

첸에게 더 좋은 사료를 먹이고 싶어서, 더 맛있는 간식을 주고 싶어서, 더 많은 시간을 함께하고 싶어서 일을 더욱 열심히 했다. 첸을 키우면서 오랫동안 미뤄 두었던 동물자유연대*에 기부도 다시 시작할 수 있었다. 고작 외식 두 번

192 · 193

---

* 동물자유연대: 국내 동물보호단체로 유기동물 입양, 복지센터, 동물구조 등의 활동을 함.

하는 가격인데도 망설여왔지만, 첸 덕분에 결단을 내릴 수 있었다. 첸처럼 버림받는 강아지들이 조금이라도 줄어들기를 바라는 마음이 커져서 소비할 때도 반려동물에게 도움을 줄 수 있는 것들을 찾게 되었다.

만약 그때 우리 집에 특이한 외모의 첸이 오지 않았더라면, 원래 주인에게 많은 사랑을 받았더라면 어땠을까. 답이야 어떠하든 청주에 살던 첸이 우리 집에 오게 된 것도 경기도에 살던 쿤이가 우리 집으로 그 모든 것이 시절인연이 아닌가 싶다.

강아지들도 요즘은 평균 수명이 늘어 20세까지 바라본다고 한다. 그래 봤자 100세 시대를 바라보는 인간에 비하면 5분의 1밖에 안 되는 시간이다. 둘의 짧디짧은 삶이 나를 만나 조금이라도 더 행복해졌기를.

나를 행복하게 해준 만큼 무지개다리를 건너는 순간까지

내가 늘 함께할게. 고마워, 너희라서.

유기동물을 위한 후원

 **반려인의 한마디**

첸과 쿤이를 데려오면서 부쩍 유기동물에 대한 관심이 늘어서 동물연대에 기부를 시작하게 되었습니다. 국내에는 동물들을 후원하는 단체가 여러 곳이 있습니다. 이름이 많이 알려진 곳으로는 '동물자유연대', '동물권단체 케어', '동물권행동 카라' 등이 있습니다.

기부는 여러 가지 형태로 할 수 있는데 동물자유연대는 사이트에서 가입할 때 일정 금액을 선택해서 후원하거나 유기견, 유기묘를 지정하여 1:1 후원을 할 수도 있습니다.
저는 제일 처음 알게 된 곳이 동물자유연대라서 저는 이곳에 후원을 하고 있습니다. 직접 나서서 구해주고 싶고 돌봐주고 싶지만 여건상 할 수 없는 일들이 많아 이렇게 후원을 통해서라도 유기동물들을 돕고 싶은 마음에 시작하게 되었어요. 요즘은 기부 활성화를 위한 펀딩도 많이 있으니, 많은 관심 부탁드려요!

네컷 일기

가슴으로 낳아

빈부격차

지갑으로 키우는 강아지

이런데 에서도

빈부격차를 느껴야 하다니...

나도 해주고 싶다 비싼 목욕.. 비싼 수제간식..ㅇㅇ

'세상에, 내가 출판이라니!'
출판사에서 전화가 왔다는 이야기를 듣고 나는 첸과 쿤이
를 안고 덩실덩실 춤을 추었다. 기쁨도 잠시, 이런 나의 글
과 그림이 상품 가치가 있을까 많은 고민이 되었다. 어쨌
든, 시작했으니 끝을 봐야 했다.

'이건 강아지 이야기가 아니고 네 이야기네.'

언니가 이 이야기들은 결국 나의 이야기인 것 같다는 이야기를 했다. 맞다. 생각해보니 첸의 귀여운 모습이라든지 첸과의 여행이라든지 어떤 사건보다는 첸과 있었던 에피소드들을 통해서 느낀 내 감정에 대해 주로 많이 썼다. 결국 이 이야기는 첸이라는 강아지 이야기인 듯하지만 사실은 입양한 강아지를 키우면서 성장해가는 나의 모습을 그린 이야기에 가깝다.

여자들은 엄마가 되어야 비로소 진짜 어른이 된다는 말을 많이 한다. 내가 낳은 것은 아니지만 첸을 키우면서 책임감에 대한 생각과 고민을 가장 많이 했다. 누군가를 책임진다는 것은 어렵고도 행복한 일이다. 오롯이 나 혼자 책임지고 나 혼자 살아가던 세상에 지켜야 하는 것이 생기고 노력해야 하는 일들이 생기게 되었다. 나는 그 책임감에 대한 이야기를 사람들에게 전하고 싶었다. 지금도 첸이 우리집에 오지 않았다면 어디에 있을지 상상해보곤 한다.

물론 더 좋은 집으로 갔을 수도 있지만, 귀가 들리지 않는 사실을 발견하지 못한 채 집안의 말썽쟁이로 낙인 찍혔을지도 모를 일이다. 어찌되었든 첸이 우리집으로 왔기 때문에 나는 그림과 글을 쓰고 기부도 시작했으며 쿤이도 가족으로 데려올 수 있었다. 모든 시작이 첸이었다. 이 모든 인연들에 감사하다.